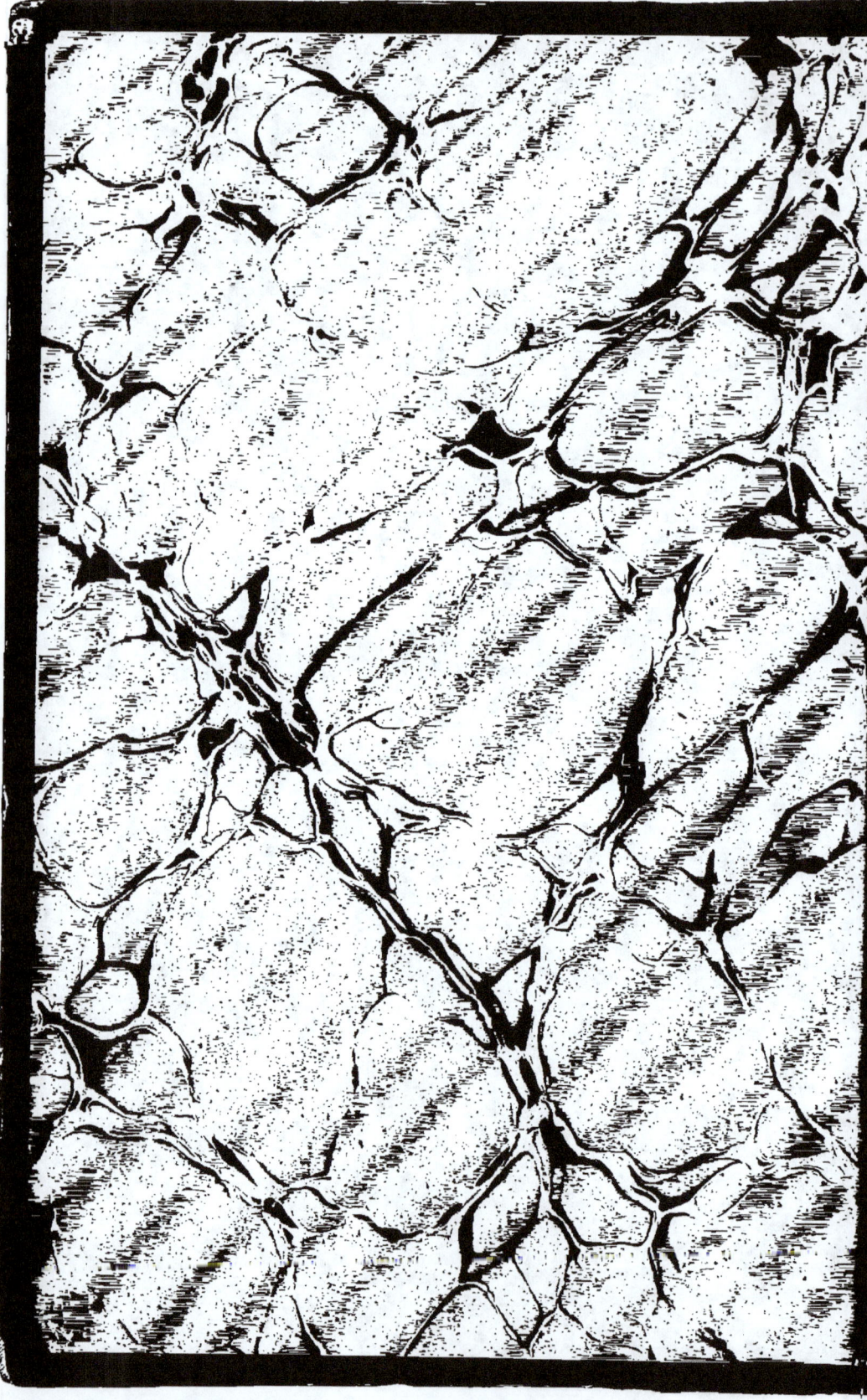

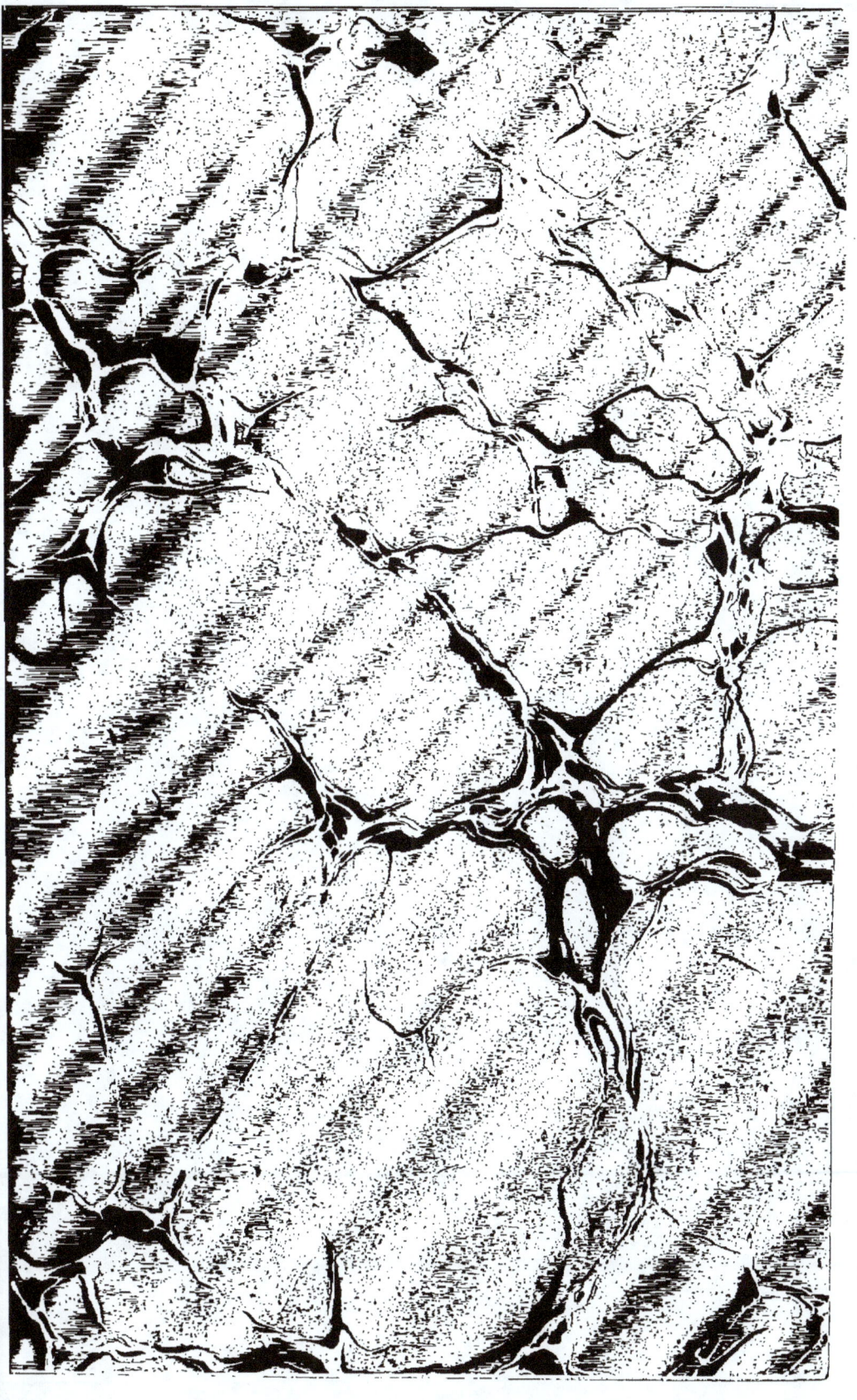

LA LÉGENDE

L'AIGLE

Ohé, les Grecs! Ohé, les Romains!
Faudrait voir!...

POUR PARAITRE :

La bonne Route.
L'Epopée Gauloise.
Les Juges (*temps bibliques*).
La Légion étrangère.

ROMAN

L'Errante.
L'Étoile.

POÉSIE

Mon Verre.
Les Prophètes (*temps bibliques*)

GEORGES D'ESPARBÈS

LA LÉGENDE

DE

L'AIGLE

(Poème épique en vingt contes)

E. D.

PARIS

E. DENTU, ÉDITEUR

3, PLACE DE VALOIS PALAIS-ROYAL

1893

Il a été tiré de cet ouvrage
15 exemplaires sur papier de hollande
numérotés à la presse.

A MON PÈRE

ANCIEN HOUZARD

Au Commandant Comte Ogier d'Ivry.
Premier Houzards.

TROIS SOLDATS

TROIS SOLDATS

Trois grandes carcasses de houzards marchaient au pas de leurs chevaux sur la route de Saalfeld, du côté d'Erfurth. Il faisait nuit. C'était le soir du premier engagement d'Iéna où Lannes, à la tête des 9e et 10e, avait sabré la cavalerie de Prusse.

— Où donc est-ce que nous sommes ? demanda le premier soldat.

— Je n'sais pas, dit le second.

— J'ignore, souffla le troisième.

Les trois houzards marchaient toujours. Au fond, le pays les inquiétait peu, quel qu'il fût. Bride à gauche ou à droite, là ou ailleurs, on va où chauffe le four ; — les houzards cherchaient une auberge.

— J'ai faim, dit sombrement le premier.

Et les deux autres, après lui, d'un accent rude :

— J'ai faim.

— J'ai faim.

Ils étaient montés sur trois chevaux gris aux pattes clopantes, émondées par la fureur des charges, les coups de lame, et qui, chanfreins baissés, une bave lourde aux naseaux, allongeaient au clair de lune, sur la poussière du chemin, leurs trois grands profils d'araignées.

— J'vois une maison, dit le premier houzard.

— J'vois une lumière, dit un autre.

Et, obéissant, dressé dans son gros manteau, le troisième dit aussi :

— Je les vois.

A ce moment, comme ils obliquaient vers la

maison et la lumière, un homme couché sur la route se leva, et tendit deux mains effroyables. C'était un Saxon, espèce de géant sanglant dont les bras imploraient secours. Le premier houzard, sans baisser les yeux, passa... Le deuxième passa aussi. Le troisième passa, car les deux autres passaient, mais il eut le temps de glisser son sabre dans le cou du blessé qui, tel un mât sous le choc des vents, retomba mort.

— Qui qu'c'était que ce coco-là? demanda le premier houzard sans retourner la tête.

— Oui, qui qu' c'était? demanda le deuxième en repassant la phrase au dernier.

— C'était *de* l'ennemi, répondit le troisième, j'ai reconnu le casque.

Ils marchaient toujours, et attirés par la lumière, leurs yeux droits, hardis comme leurs sabres, se plantaient au fond de la nuit. Lorsqu'ils furent arrivés, ensemble ils descendirent de cheval.

— Quoi c'est que c'te maison ici? fit le premier homme.

Ils virent une croix par-dessus les arbres, dans le bleu de la lune, et restèrent muets un instant.

— C'est une église, dit enfin le deuxième houzard.

Le troisième, tête sans idée mais soldat de poigne, écarta le treillage et passa dans le jardin. Le premier suivit, le second suivit.

Vingt pas plus loin, la dalle d'une cour fit chanter leurs bottes. Alors, en face d'eux, une autre lumière vacilla, se coula de chambre en chambre, et une petite ombre s'arrêta près d'eux, à dix pas.

Les hommes avançaient toujours. Ils avaient reconnu le curé à sa soutane. Sans savoir, ils firent le salut, un doigt sur le kolback, et d'un choc bref s'arrêtèrent.

— Que voulez-vous? demanda le vieillard qui reconnut des Français.

— *Neuvième* Houzards, dit le premier.

— *Neuvième* Houzards, répéta le deuxième.

— *Neuvième* Houzards, dit fièrement le dernier.

Ils crurent que c'était assez. Le prêtre aperçut leurs trois bonnes faces, s'appuya le dos contre un mur, leur fit signe, poussa la porte, et les mena dans une chambre claire.

— Asseyez-vous.

Les trois soldats étaient d'une compagnie d'*élite*, superbes, droits et tranquilles dans leurs dolmans rouges, avec ce quelque chose de surnaturel et d'angéliquement fort qui n'appartient qu'aux brutes. Sans un mot, ils débouclèrent leurs grands sabres de charge, plantèrent leurs kolbacks devant eux, et attendirent que la servante, saisie de peur et blottie près de son maître, eût mis de quoi manger sur la table.

Il fallut une heure pour préparer le repas de ces trois hommes qui se présentaient sans dire leur nom, terribles d'assurance et d'insouciance, avec des yeux enfantins, et des poitrines à engouffrer des troupeaux et des champs de blé.

Pendant une heure, on entendit leurs trois respirations; installés et attentifs, solides sur leurs chaises, les coudes sur la nappe, ils songaient à leur faim, et soufflaient comme trois bœufs « de devant ».

— Le repas est prêt, dit le curé.

— Et les chevaux? demanda le premier houzard.

— Ah! oui, les chevaux? appuya le second.

— Et ben, comme toujours... fit le troisième.

Ils sortirent.

L'encolure tendue au bout des brides qui les remorquaient, maladroits, les chevaux entrèrent dans la salle, en faisant claquer leurs pieds de fer. La servante se sauva, — mais le prêtre *vit* l'âme des hommes, et ne fut pas étonné.

Les chevaux firent le tour de la chambre, ahuris. Une buée d'émoi leur filait des naseaux; ils renâclaient aux meubles, aux chaises, dont une se renversa, et immobiles, s'ébrouant de loin vers les viandes, à petits coups de lèvres, ils se mirent à brouter le pain.

— Vas-y, Ulm!

— En laisse pas, Coquet!

— Foutez tout par terre! dit le dernier houzard.

Divertis mais graves, orgueilleusement appuyés du coude aux garrots, ils caressaient le front, les flancs, le poitrail des bêtes, excitant leur faim, solidaires tous trois de leurs compagnons, et ravis de les voir manger, attendaient, fermes et debout, aux ordres...

— Ces pauvres chevaux !

Pitoyable, le curé les regardait, et lorsqu'ils eurent fini, qu'ils eurent même soufflé les miettes, il leur imposa les mains, noblement, comme c'est coutume à la fête des bestiaux.

— Que Dieu vous donne la santé, dit-il.

Et ramenés par les trois hommes, les trois « galopeurs » s'en allèrent.

Quand ils revinrent, les houzards étaient en joie. L'appétit leur était revenu, plus fort, et ils frottaient leurs mains l'une contre l'autre, en poussant des cris.

— Le repas est prêt, dit le curé une seconde fois.

Mais, en même temps, il demeura debout, et regarda les trois houzards d'un œil ferme...

Alors, on ne sait ce qui se passa dans l'âme des trois soldats, cette âme de cachot où ne vivaient plus, depuis les grandes batailles, que les cloportes de la mort ; ils se levèrent, on entendit trois coups de fourreau sur la dalle, et on vit quatre signes de croix, les leurs, et celui du prêtre...

A ce moment, une voix lointaine tonna. Elle

1.

venait de haut et roulait avec un bruit d'orage. Les trois hommes se regardèrent. Le premier dit : « C'est la foudre. » — Le deuxième dit : « C'est l'Empereur. » — Et le dernier approuva deux fois ; dans sa grosse tête, l'Empereur et le tonnerre ne faisaient qu'un.

Le curé dit :

— Mangez.

Alors ils posèrent leurs poings sur la table, se taillèrent des poteaux de pain, et se mirent à saccager les viandes, heureux et goulus, avec un tel bruit de mâchoires qu'à les entendre, le dos tourné, on les eût pris pour trois lions. Les plats fondaient sous leurs moustaches, et le prêtre, sans un mot, les regardait broyer. Ce repas dura une heure, une pleine heure de craquements d'os et d'empifrage de choucroute. Enfin ils levèrent leurs têtes courbées au ras des plats, et d'un œil lourd, considérant les verres dont l'usage leur était inconnu, brusquement décidés, le coude en écart et la gorge en l'air, ils saisirent les pots de faïence et s'emplirent de vin jusqu'à la luette. Tout y passa, et la dernière goutte séchée, dans un rauquement de bonheur ils se bourrèrent les reins de gros soufflets, pour épousseter leur uniforme.

Et le premier dit, pendant que la servante enlevait la nappe :

— C'est tout de même bon qu'on soye venu ici.

Le curé demanda ·

— Qu'est-ce qu'on vous donne, à vos repas, en temps de guerre?

Ils rirent, et le deuxième répondit :

— Des bidons de sang et de la salade d'acier.

Le troisième ajouta :

— Et on en a même pas toujours à sa faim ! C'est le hasard de la guerre qu'on ait vu vot' bicoque.

Le curé savait peu de français, mais les hommes assis devant lui étaient des gens simples; ils parlaient en peu de mots et d'une voix forte. La réponse du troisième le blessa :

— Ne parlez pas de hasard, dit-il, c'est Dieu seul qui vous a conduits ici.

Les houzards ne comprirent pas. Et le prêtre joignit à plat ses mains sur la table, et dit au premier :

— Croyez-vous en Dieu *le Père,* mon enfant?

Le houzard tendit l'épaule, bomba ses joues, souffla d'un air pensif, et après avoir considéré ses camarades :

— Je me souviens que ma bonne femme de mère m'a récupéré ça, dans le temps, à propos de ma première communion. On était à genoux dans une église, on regardait brûler des bougies et on chantait. C'est tout ce que je me rappelle, parole de troupier !

Et le prêtre dit encore au second :

— Et vous, mon fils, croyez-vous, comme votre compagnon, en Dieu *le Père tout-puissant*?

Et le soldat, qui avait bu un vin bavard, cria tout à coup :

— Tout ça, c'est de la famille à l'Empereur !

A un geste du curé, il y eut un silence, et l'homme continua :

— L'Empereur est le deuxième fils du bon Dieu, et faut pas la faire au Neuvième Houzards !

Il reprit haleine :

— Tout ça, je le sais d'Italie où le *Tondu* bot-

tait l'Autriche, l'Europe et même la province!
Voyons, vous autres, dit-il en regardant le curé,
v'la un homme de vingt-six ans, une jolie bru-
nette, quoi, d'avec une main à dentelles et des
cheveux à papillottes; y prend fantaisie de gri-
bouiller des plans, et vous v'là des victoires
triomphales et des batailles, des batailles à en
bomber sa chabraque tous les jours. Pensez qu'i
avait d'la chose en dessous!

Les deux houzards ouvraient des bouches
rondes...

— Et le vrai! continua le soldat, le vrai Dieu
du vrai des deux! Le premier du rang, c'est Jésus
comme on l'appelle, envoyé de là-haut pour faire
pâmer les femmes, un sécot habillé de blanc
qu' n'a dit qu' des choses à faire frémir le soldat.
Figurez-vous qu'il aimait les beignes, et quand
qu'on lui tapait la droite, retournait sa gauche pour
pleurer deux fois. C'ui-là, c'est l'homme doux; le
bon Dieu l'envoyait pour avertir les hommes.
L'aut', ça été pour les punir; c't'autre, c'est l'Empereur. Comprenez, maintenant!

— C'est clair, dit le premier houzard.

Et le curé n'ayant compris qu'*un* mot, un seul,

dans cette voix d'orage qui tonnait et roulait,
demanda au dernier homme :

— Quant à vous, mon enfant, dites-moi aussi ce
que vous entendez par Dieu *le Père tout-puissant,
Roi du ciel et de la terre?*

A ces mots, la figure du soldat rougit. C'était
une forte balle de sabreur, aux longues moustaches,
équarrie à coups de latte et seulement ornée, depuis
Arcole, d'un broussailleux morceau d'oreille. A
l'insolite question du curé, son regard bleu s'illumina de mystère, son timide cœur trembla, et,
machinal, poussé par un poing plus fort que sa
force, il dégrafa son dolman. Alors sa poitrine
apparut, énorme, chargée de poils, couturée de
funèbres zigzags, et ce fut une réponse muette,
superbe! Il montra au vieillard, à la servante
anéantie, à ses camarades, les nombreuses blessures qui l'avaient jeté hors de selle, couché en un
coin, sur le terreau des batailles, les plaies de la
République depuis 92, et les formidables éclats de
bombes de l'Empire, ces entailles de flamme dont
cent mille soldats étaient morts, et que *quelqu'un*
sans doute, quelqu'un d'ignoré mais de tout-puis-

sant, « maître du ciel, de la terre et des hommes »,
était venu panser, recoudre et guérir... Les deux
houzards et le curé ne répondirent pas, et tandis
que l'homme, revenu au repos, rattachait le dolman sur sa poitrine, la bouche du vieillard frémit ;
il récitait une chose, tout bas...

— En route, dirent les houzards.

Soudain, le même bruit entendu au commencement du repas s'éleva dans l'air. Il traversa le
silence de la chambre, souffla sur les quatre
hommes comme un écho de tempête, et s'éteignit.
C'était le canon. Le vieillard qui finissait de prier
se leva, et les trois houzards qui n'avaient plus
faim se levèrent aussi.

— Je vais vous accompagner, déclara le prêtre.

Il prit une bougie et alla dans le jardin. Les
trois soldats sautèrent à cheval, se tournèrent du
côté du sud, et le vieillard demanda :

— Et qu'est-ce que vous allez faire, par cette
nuit ?

— Rejoindre notre régiment, dit le premier
houzard.

— Ah ! continua le curé, vous paraissiez bien
fatigués, tout à l'heure. D'où veniez-vous donc ?

— De nous battre, répliqua le deuxième houzard.

— Et où allez-vous, maintenant?

— Mais... nous battre, répondit le dernier houzard.

Ils saluèrent du haut de leurs montures, un doigt
contre leur front. Bientôt on ne les vit plus, et le
curé un moment encore écouta le bruit de leurs
chevaux, sur la route...

Au Commandant Coquet.
125ᵉ *de Ligne.*

ENFANTS D'APOLLON !

ENFANTS D'APOLLON !

Il y avait à l'armée d'Italie un soldat énorme, large comme une tour, et tendre comme un sac de pain. Il avait une tête de moellon, deux yeux célestes, une bouche entaillée pour le hurlement, et des cheveux de lion qu'il ramenait en catogan. Cet homme roux, sergent depuis Mondovi, faisait deux mètres à chaque pas.

C'était un gentilhomme de charrue, et il s'appelait Rougeot de Salandrouse. Un beau nom ! Quand il riait, il montrait comme les bêtes une

épaisse gueule de chair rouge qui semblait sai-
gner. Dans la fureur, sa peau se creusait aux
mâchoires, sa membrure craquait de partout, il
dilatait ses mains comme des crics, et une flamme
affreuse lui tombait des yeux. Mais il aimait mieux
rire, et s'il ne s'amusait pas, il lisait.

Il avait appris un peu de mythologie et toute
l'histoire des Gaules. Ce faiseur de carnage avait
un rêve, celui des grands hommes et des grands
paysages.

Il se plaisait à conter, le soir, au bivac, les
batailles les plus fameuses : « Figurez-vous d'un
côté les montagnes de Cortone ; d'un autre, le lac
de Thrasymène, Annibal au milieu... » — Et les
conscrits écoutaient le sergent dont la voix forte
surgie de la fumée des soupes couvrait le camp
tout entier. La nuit seule interrompait le récit.

A part trois hommes et quatre batailles, rien
n'existait pour lui que son chef et les grands
galons. Cela lui faisait des idées carrées. Son cerveau était une lande où se mêlaient des ombres
dans des bruits de sabres et du sang. Il méprisait
les femmes, dédaignait le plaisir du vin, ne
dormait jamais dans un lit, et à chaque rencontre,

la clameur d'orage qu'il lançait en courant au feu
était terrible !

Cet homme était si beau et il avait une telle
réputation dans l'armée, que Bonaparte le nomma
sous-lieutenant après Arcole, lieutenant après
Mantoue, et capitaine en 99, après la Trébia ; —
mais il comptait sans le barbare.

Ce soldat qui entrait dans les villes toujours
affamé, et que les arcs de triomphe décoiffaient
parfois, ne se sentait plus à son rang. Une ambition
lui venait, brutale, d'entraîner aussi des masses
d'hommes, de s'habiller d'or, d'arborer d'éclatants
panaches, le plus lourd sabre, et sentant marcher
dans ses guêtres le plus haut soldat de France, d'at-
tirer à lui seul les bravos des cités conquises, au
débouché des ponts-levis, dans le grand cham-
bard des tambours !

Il porta ce rêve en Syrie, mélancolique, n'osant
le confier à personne, reçut trois coups de sabre,
deux balles, et revint en France pour aider au
18 Brumaire. Mais il avait une autre blessure, et
on ne le vit plus rire...

Un matin, Rougeot — qui signait maintenant

de Salandrouse — était avec son régiment aux Tuileries. Bonaparte, placé devant les troupes, cherchait des figures... Une vingtaine de petits papiers frissonnaient à la pointe des baïonnettes, les pétitions des soldats.

Il passa la revue avec lenteur, lisant, accordant, refusant. C'était après le défilé, et il allait repartir, lorsque tout à coup, d'une main brève, il arrêta son cheval :

— Et vous, capitaine Rougeot, vous ne demandez rien ?

Placé à la gauche de sa compagnie, le géant dominait les armes, et du plumet de son shako dépassait Bonaparte à cheval :

— Citoyen Premier Consul...

Tous le virent trembler.

—... je voudrais rendre mes galons.

Il avait parlé fort, d'un grand coup. La ligne des hommes frissonna ; les officiers s'approchèrent.

— Tes raisons, ordonna Bonaparte ; je t'ai nommé capitaine, et tu n'as que trois blessures.

— Je ne me plains pas, c'est même cet avancement qui me gêne.

Le Premier Consul fronça le sourcil, et vite :

— Eh bien, explique-toi! que réclames-tu? que veux-tu?

Le capitaine se cala, et d'une voix profonde qui sonnait le cuivre :

— Je voudrais être **Tambour-major**.

Aussitôt, un rire immense éclata, et, sous le coup de la honte, la face du géant prit sa couleur de colère, une sorte de nuage d'eau qui la rendait horrible. Seul, Bonaparte resta muet...

Orgueilleux de son grenadier, il le regardait de bas en haut, l'œil amusé, fin et pâle, si petit que le capitaine l'eût soufflé de cheval. Il demeura quand même, et entrevoyant un cœur sous ce bloc, adoucit sa voix :

— Tu en as la taille, dit-il, mais ce serait faire rétrograder mon camarade d'Italie, un officier de valeur, le héros de la Trébia que j'ai distingué moi-même. Réfléchis, nous en reparlerons.

— Aujourd'hui comme demain, répondit l'énorme soldat, demain comme après, jusqu'à la mort, je demande une *canne*.

Et retourné à son rang, satisfait, il y reprit son immobilité d'édifice.

A partir de ce moment, Salandrouse fut de toutes les affaires, — et après le triomphe du Saint-Bernard, il vint se rappeler à la mémoire de Bonaparte par ses yeux de buffle, un peu tristes, et sa haute taille qui dépassait deux fois les baïonnettes.

— Eh bien, fit le Consul, as-tu réfléchi?

— Oui et non, dit le géant, c'est-à-dire que j'en tiens toujours pour ma *canne.*

— Entêté!

— Vous l'êtes bien à votre manière, mon général, en bottant l'ennemi comme Annibal et César, et même mieux!

Bonaparte se mit à rire :

— Nous verrons bientôt.

Et il s'éloigna, envahi par d'autres idées.

Après Marengo, le soir du 17 juin, Salandrouse racontait à ses hommes un chant de l'Iliade, lorsque tout à coup les soldats se levèrent...

C'était le Consul. L'état-major l'accompagnait, à quatre pas de ses bottes, silencieux. Bonaparte portait l'habit de chasseur et le gilet blanc. On le

reconnaissait à la petitesse de sa taille, à la gran-
deur de son escorte.

— Voyons, mes amis, dit-il en se tournant, on
s'est battu avant-hier ; que ceux qui ont des
droits à l'avancement s'approchent et réclament.

Alors une voix sortit des rangs, profonde, une
voix de cave, à l'écho rude :

— Mes galons de *tambour* !

— Ah! ah! dit le Consul, toujours Salandrouse. C'est bien, je m'occuperai de ta demande,

Il partit comme les autres fois.

Salandrouse vit encore le Concordat, le traité
d'Amiens, le camp de Boulogne ; il vit le Sacre,
sans que Bonaparte, élu Empereur des Français,
pensât à lui donner la récompense promise. C'était
une blague dans l'armée : « Il l'aura ! Il ne l'aura
pas ! » Il y eut même des paris. La farce courut à
Saint-Cloud ; des dames, qui savaient la chose,
parlèrent pour le capitaine. Tout le monde riait,
— et l'Empereur, obsédé, parapha la nomi-
nation.

Alors une joie saisit les troupes ! Le beau nom
du soldat, ses manies de récits épiques et sa haute

2

taille l'avaient popularisé. Les princesses impériales lui envoyèrent un uniforme. C'était celui
des Tambours-Majors de la Garde, et il coûtait
vingt-deux mille francs. Napoléon, diverti, laissa
faire.

*
* *

Triomphe !

Ce fut au soleil d'Austerlitz que le grand Salandrouse endossa le costume. Il était splendide, et
lorsqu'il défila pour conduire ses tambours, tous
les régiments l'acclamèrent !

Lannes avait pris le commandement de la gauche, Soult de la droite, Bernadotte du centre.
Murat réunit la cavalerie, et toutes ces foules
s'élancèrent...

L'Empereur avec Berthier, Junot et l'état-ma
jor, gardait en réserve les dix bataillons de sa
Garde, dix d'Oudinot et quarante pièces de canon.
Après deux heures de combat, lui-même passa en
revue les régiments, cria au 28e, recruté dans le
Calvados : « J'espère que les *Normands* se distin-
gueront aujourd'hui ! » au 57e : « Souvenez-vous

que je vous ai surnommé *le Terrible !* » salua
Salandrouse qui, dressé, avide de tuerie et hale-
tant, aboyait à la bataille en entraînant ses tambours, — et, d'une voix grave, raisonnée, qui
matait cependant l'éclat des balles, ordonna au
maréchal Soult de porter le dernier coup.

Alors, vite, comme pressées de mourir, les ré-
serves s'avancèrent. Deux régiments marchaient
devant Salandrouse, et ils allaient atteindre les
Russes dont les divisions reculaient, quand soudain toute la plaine se secoua... Dans une tempête de terre et de clameurs, une fauchée de mitraille coucha trois bataillons et frappa de cadavres
la poitrine du grand Tambour, — mais lui, énorme,
continua d'avancer.

Un appel bondissant, large comme un cri de
mer bretonne, s'arrachant des cinquante bataillons à la fois, de la houle des artilleurs et des
masses d'hommes déjà blessés, cognait les reins
de Salandrouse, par grands coups, l'enfonçait de
plus en plus en avant, du côté des Russes : « La
charge ! la charge !... » Il comprit, obliqua pour
laisser le passage libre, escalada un tertre, et s'y
établit avec sa meute.

Un bataillon passa, il fut raflé comme les trois premiers.

Alors, comme le cinquième arrivait, Salandrouse tourna la tête, et enfiévré de joie, la pointe de sa grande canne en l'air, d'un coup de gueule qui enfla son torse, découvrit ses mâchelières, et envahit la bataille comme les eaux d'un torrent :

Fils-d'Apollo-o-on...

Il eut une pause, et l'œil sur l'ennemi, terrible :

Accordez vos lyres!

D'instinct, la bande comprit. Les tambours saisirent leur caisse et en bandèrent les cordeaux. La canne se redressa, et à un autre geste, assourdissant, tel un charroi de balles qui saute, le roulement sacré s'envola !

Jusqu'à la fin, de tous les points de la bataille, on l'entendit. Ces hommes aimaient leur maître. Fermes et purs, cœurs de gamins, vieilles têtes, se serrant à l'ombre de Salandrouse qui les couvrait de sa poitrine, ils exaspérèrent, précipitèrent la charge, et durant trois heures, les bataillons qui devaient mourir défilèrent devant eux.

Dressés aux flammes, isolés dans la plaine, ils furent les seuls qui chantèrent le tumulte ! Les bataillons bifurquaient pour les entendre, passaient en les saluant, tournaient leurs fronts pour les voir encore, — et insensible aux fusillades qui sifflaient dans le vent glacial, Salandrouse, talons joints, une main sur la hanche, la canne haute, semblait défier la mort.

Il était superbe, en effet, raide sous l'habit, galonné sur toutes les coutures de rubans d'or. Collet, revers, parements, tours de poches d'or, avec brandebourgs, et grenades d'or, ses épaulettes à gros bouillons d'or : une lumière s'exhalait de lui, magnifiquement. Il avait aussi un pantalon blanc brodé d'or, à nœuds d'or, des brodequins noirs, à franges d'or, un chapeau d'or frissonnant de plumes, une dragonne d'or à son sabre d'or, et une tête d'Autrichien, sanglante, liée par les cheveux au pommeau de sa grande canne. — Ce taciturne barbare était beau comme la *Guerre*, et chargé de soleil, les

2.

yeux droits, planté avec ses tambours sous le
salut des sabres, le triomphe des musiques et les
applaudissements de l'armée, colossal, il jouis-
sait de sa gloire.

Ses hommes n'avaient pas bronché. Les trois
quarts étaient morts, les autres battaient toujours,
un soulier sur les crânes, suants, terribles, l'œil
sur Salandrouse qui riait comme un dieu dans ce
tonnerre !

Il leur fit jouer, par fantaisie, tous les airs de
campagne, le fier *garde à vo*, la *breloque* aux bonnes soupes, le *réveil*, et, amusés, les hommes
reprenaient la **charge** que leurs poignets têtus battaient comme un glas...

Il la jouèrent tant qu'on entendit la mitraille ; ils
sonnèrent ce *glas* jusqu'au dernier coup de fusil.
Austerlitz était une victoire ; Salandrouse avait
gagné ses galons.

Trois balles étaient entrées dans sa poitrine,
comme dans un arbre, et lorsque le soir tomba,
quatre hommes seuls restaient de son escorte de
tambours.

Ils ne voulaient plus partir, affolés d'enthousiasme par la canne de leur chef, debout sur le

champ des astres. L'armée, au repos, écoutait dans l'ombre cette chanson roulante, cette envolée de cloches, de gros bourdons funéraires.

— Salandrouse est là bas,.. se disaient les hommes.

A la fin, énervé d'angoisse, lui aussi, par cette voix persistante, l'Empereur donna un ordre, — et il fallut un bataillon de la Garde pour déloger de leur tertre ce colosse fou, immobile au milieu des cadavres comme une effrayante statue d'or, et ces quatre fantômes, fils d'Apollon, noirs de poudre et agenouillés dans le sang, qui continuaient de battre « à la Victoire » sur des fûts de tambours crevés !

Au Commandant Comte Napoléon Pajol.
    81e *de Ligne.*

MON PLUTARQUE

MON PLUTARQUE

Monsieur le comte Ponsonnard de Vauconsant, nommé sous-lieutenant sous les ordres du colonel prince d'Isembourg à l'époque où Napoléon, voulant utiliser l'ancienne noblesse, forma deux régiments avec les prisonniers d'Austerlitz, fut promu au grade de chef d'escadron pour sa belle charge d'Iéna ; et en 1807, à Eylau, où il s'était battu en preux, c'est-à-dire en homme qui se comportait à la guerre comme à la « paume », l'Empereur le nomma colonel dans les dragons de sa Garde,

C'était un homme de haute taille, balafré d'une oreille à l'autre, coloré à l'essence de brique, leste, affolé de chevaux rares, mais taciturne à croire qu'il avait la langue scellée, ou que, blottie en quelque tour de château, sa jeunesse n'avait connu que des morts.

On ne l'entendait que les jours de bataille. Et là encore, au moment du coup d'éperon, dressé dans les fumées sur sa monture de combat, il ne jetait qu'un mot par le travers des masses d'hommes : Chargez !.. L'Empereur seul avait le don d'émouvoir cet ermite, quand lui et son cheval revenaient du tumulte, le premier souillé de sang, l'autre souillé de boue, et qu'*il* disait devant l'état-major :

— Il paraît que Ponsonnard a couru le *russe* aujourd'hui.

— *Meute à mort*, Votre Majesté !

— Voyons, tête d'émigré, reconnais-tu l'Empire, maintenant?

— Je le reconnais, disait le comte Ponsonnard, mais je ne le salue pas.

Après l'affaire d'Eylau, Napoléon lui demanda :

— Et qui aimes-tu ?

— Mon pays, Sire, que vous représentez...

—... provisoirement, interrompit l'Empereur d'un ton fin. Ah ! monsieur de Vauconsant, comme j'estime cette franchise, et quel général vous feriez !

— Le brevet,.. dit brusquement Ponsonnard.

— Pas si vite! Diable, un général ami du Comte d'Artois!

Et c'est ainsi que M. de Vauconsant, dont l'Empereur espérait la conversion, était demeuré colonel.

Cet homme qu'on n'entendait jamais, sauf à l'heure des « bombes », et qui ne paraissait aimer que les coups de sabre et les chevaux de luxe, passait dans l'armée pour un fantasque, un lunatique. A cette époque de « fond de train », on n'avait pas le temps d'étudier le *camarade*, ou bien entre deux conquêtes, à toute poste, on l'éprouvait de suite, en lui demandant vingt-cinq napoléons et sa femme. M. de Vauconsant, d'ailleurs, tout en admirant leur bravoure, méprisait les officiers de l'Empire : Augereau, fils d'un larbin ; Ney, fils d'un tonnelier; Soult, fils d'un

3

paysan ; Murat, fils d'un aubergiste ; Lannes, fils
d'un garçon d'écurie. Il en tenait toujours pour le
droit exclusif des nobles aux grades militaires:
c'était somptueusement retarder. Honteux jusqu'à la souffrance des rodomontades anglaises, des
petits soupers de Louis XVIII et des chuchotages
de l'émigration, il avait pris du service et couru
l'Europe derrière le syrien de l'Empereur ; c'était
reprendre champ. Peu *vu* de ses camarades, mais
fort aimé de Napoléon, il marchait à la mort en
catholique-apostolique-romain, aussi droit qu'il
fût allé vers Dieu. Les bombes ne lui avaient
jamais vu le dos, et lorsqu'il entrait dans l'ennemi,
ne changeait de place que son carré ne fût fauché.
Les soldats, qui ne s'occupent de la politique des
nations que pour lui demander des souliers, l'appelaient leur « bougre », l'Empereur son « cher
colonel », Louis XVIII son « héros ». — Bonté
bravoure, dévouement, cette triple seigneurie ne
le rendait pas plus fier. M. le comte Éloi-Jacques
Mesmin Ponsonnard de Vauconsant avait l'habitude des titres.

Le colonel avait aussi une passion, la lecture.

Il emportait sa bibliothèque avec lui, réunie en un
seul bouquin de menu format placé dans une
de ses fontes, et le soir, entre deux batailles,
tandis qu'aux flammes des bivacs où ronron-
nàient les popotes, les anciens causaient aux conscrits, on apercevait le colonel se promenant seul,
débotté, la moustache dans son livre, taciturne
comme toujours, sa grosse bonne balle traversée
au front par cette ride qui est comme le coup de
sabre du rêve...

— Quoi donc qu'i peut s'coller comme ça dans
la mémoire? demandaient les recrues.

— C'est un malin de valeur et d'éducation qu'i
en a pas deux comme lui dans les Trois-poils de la
Garde pous vous brouter l'autrichien, l'européen,
et voir surtout le prussien dont je ne compte pas,
pour cause.

— Mais jamais ne parle...

— N'a pas besoin de parler, puisqu'i s'*bat*.

C'était le lendemain de Wagram, et en effet, le
colonel s'était battu non seulement pour la patrie,
ce qui est fort naturel, mais aussi pour d'autres
idées, ou idoles : Dieu d'abord, le roy ensuite. Il

avait donc fait triplement son devoir. A la charge, trois poignets valent mieux qu'un.

— Le v'là... firent les hommes.

C'était lui, — grave comme un prêtre, en bonnet de police, avec sa figure de bœuf taillée à quatre faces comme un carré d'infanterie, les mains hautes, lisant toujours son petit livre...

— C'est *un* qu'a pas la flemme aux fesses, dirent des dragons.

— Et cousin du soldat, malgré ses « tites ».

— L'*Autre* peut y donner du duc et du maréchal, fit un troisième, c'est foute du pain à eune flûte, et, vis-à-vis du pauvre troupier, ces tonnerres d'honneurs le changera pas s'ment d'un cran.

— T'as raison, fit un brigadier, ce colonel d'ancien régime est l'ami du soldat qui se fait tuer pour l'Empereur dans diverses et nombreuses batailles; mais je voudrais bien qu'on m'dise pourtant ce qu'y a dans son papier... des images?

— Non, c'est une lettre de sa femme...

Un autre, mieux informé sans doute, allait dire son avis, mais le colonel passa tout près de là, et on se tut.

Ponsonnard avait levé la tête, baissé son livre, et calme, sévère à force d'attention, il considérait ses hommes...

— Vous vous êtes bien battus, dit-il lentement et comme si les mots lui faisaient mal; je vous remercie.

Un petit frisson courut le groupe, du premier soldat au dernier. Le colonel demanda encore :

— L'adjudant Drouhin?

— A l'ambulance, fit une voix.

— Chaberton ?

— A l'ambulance.

— Tronquoy?

— A l'ambulance.

— Hennerick ?

— A l'ambulance.

— Les trois hommes tués?

— Dans une fosse, derrière les équipages.

— Vous autres, la santé ?

— Fameuse, mon colonel, merci.

— La soupe ?

— Bonne.

— C'est bien, bonsoir.

Et reprenant sa promenade, d'un geste sec il

baissa le front, leva les coudes, se remit à lire, pendant que les hommes chuchotaient :

— Tu l'as vu, son papier?...

— Non.

— Je l'ai vu, moi. C'est un livre qu'a au moins cent ans. Les chiffres sont en lettes, et le dos en cuir d'éléfrant.

Il était minuit. Un tambour lointain se fit entendre... Les dragons se couchèrent le long du feu, et s'endormirent en rêvant que leur colonel avait tanné la peau du roi de Prusse pour couvrir son fameux bouquin. C'est un rêve comme il y en a.

*
* *

On se battit ainsi des années sans que le comte changeât ses habitudes. Solitaire, toujours muet, toujours lisant, le mariage de Napoléon et de Marie-Louise, la naissance du roi de Rome et les fêtes de Paris l'avaient laissé froid. Latte en main, solidement campé sur une jument de mille écus soignée dans son haras pour la grande guerre, il n'interrompit son mutisme qu'à la prise de Witepsk et de Smolensk où son sens de la tac-

tique se résuma en cette clameur : « Chargez ! »
Il n'était plus dans la Garde, et commandait un
régiment de cuirassiers sous les ordres de Caulaincourt. A la Moskowa, le 7 décembre, Montbrun
ayant proposé d'attaquer un fort de quatre-vingts
canons et s'étant fait tuer, l'Empereur envoya
Caulaincourt qui prit avec lui sa division, où
comptait le régiment de Ponsonnard. Au premier
commandement, les cuirassiers, tête basse et hurlant comme des dogues, bondirent vers les murs,
chassèrent l'ennemi, et tombèrent d'un saut dans
l'intérieur du fort... Mais quand on se regarda,
Ponsonnard manquait. Il était à l'ambulance, l'âme
endommagée d'un éclat de bombe.

Sous une baraque de planches élevée en cinq
minutes, on avait placé la civière. Le chirurgien
dépliait sa trousse, à côté d'un capitaine envoyé là
par l'Empereur.

— Il faut faire l'opération.

M. de Ponsonnard ouvrit les yeux et parla, ce
qui était un événement.

— Chabert... le cavalier Chabert... je demande le cavalier Chabert...

Un homme sortit et le ramena.

Le colonel n'avait pas fermé les yeux :

— As-tu le *Plutarque?*

— Oui, mon colonel, je l'ai retiré de vos fontes quand vous êtes tombé.

— C'est bon... viens... prends cette place...

L'homme s'approcha de son colonel. Et grave, calme, satisfait d'être obéi, M. de Vauconsant donna deux ordres, coup sur coup : « Faites votre devoir, monsieur, » dit-il au chirurgien ; « Lis, » dit-il au soldat.

Alors les deux hommes commencèrent. Le chirurgien fendit l'épaule du colonel d'un coup de bistouri et le soldat, raide comme à la parade, les pieds joints, se mit à lire :

Au combat d'Exiles, en 1747, le marquis de Brienne colonel d'Artois, ayant eu un bras emporté, retourna aux palissades en disant : « Il m'en reste un autre pour le service du roi. » Et il fut frappé à mort.

— Vous souffrez? demanda le chirurgien.

— Je m'appelle de Vauconsant, dit le colonel.

Et regardant son soldat :

— Continue.

Un officier, M. de Belconseil, remarqua qu'un personnage de qualité en grimpant la brèche de Maestricht, était tombé sur le ventre ; il lui tendit la main droite pour le relever. En cet instant, un boulet lui enleva le bras. Sans s'étonner, il tendit la main gauche, et releva son chef sans rien dire, — puis tomba mort.

Le chirurgien que cette lecture gênait s'impatienta :

— Cet homme est importun...

— Allez! dit impérieusement Ponsonnard.

Le bistouri plongea dans les chairs, d'un saut de couleuvre. Le colonel devint blanc, mais se retourna vers le cuirassier :

— Lis toujours.

L'homme continua :

Des vaisseaux anglais essayèrent de détruire une batterie de l'Ile de Ré. Un capitaine voyant son fils emporté par un boulet, se tourna vers son général : « Monseigneur, Dieu m'avait donné cet unique enfant, il vient de me le retirer ; que cela ne nous empêche pas de continuer notre besogne. » Il avait fini, qu'un second boulet traversa les rangs, et le père alla retrouver le fils.

— Où en êtes-vous, monsieur? demanda le colonel toujours étendu.

— Je termine à l'instant... balbutia le chirurgien.

La poitrine du blessé, ruisselante et pourpre, sautait comme une forge. On n'entendait qu'un bruit léger de petite scie,.. et la voix du soldat, monotone :

Le vieux marquis de Riversein, des armées royales, portait une jambe de bois. Un boulet la lui emporta tandis qu'il reconnaissait un poste, « Le canon, dit-il, en veut à mes jambes, mais cette fois je l'ai pris pour dupe, car j'en ai une autre dans mes équipages. » Cependant il mourut, le boulet avait coupé trop haut.

— M. de Vauconsant est fameux de *calme*, dit tout bas le chirurgien.

A ce moment, le colonel fit un effort pour se relever, mais tout à coup, une grande pâleur tomba sur son front, et les moustaches dures, souriant, allongé de toute sa taille sur la civière, il sembla dormir...

Le soldat baissa la tête :

Au siège de Namur, en 1692, le comte de Castelnau, qui était auprès de Louis XIV dans l'attaque d'un ouvrage, reçut dans la poitrine un coup de mousquet. On entendit le bruit de la balle, et le monarque demanda si quelqu'un était blessé : « Il me semble, dit en souriant le jeune prince, que quelque chose m'a touché... » Une heure après, un courrier vint annoncer au roi le résultat de la blessure, et ne put trouver que ces paroles..

Comme c'était la fin de la page, le soldat tourna le feuillet.

— Il est mort! dit le chirurgien

« Il est mort!... »

lut le cuirassier.

Et il ferma son petit livre.

Au Capitaine Emile Driant.
Ecole militaire spéciale de Saint-Cyr.

LES VAINQUEURS DE LA FIN

LES VAINQUEURS DE LA FIN

Le 4 mars, à midi, une longue file d'hommes remontait la rue de Rivoli au milieu des acclamations. Dernière levée des recrues ; on l'envoyait se faire armer à la caserne de Courbevoie.

— Vite, vite, allongez le pas !

Dans la cohue, des femmes secouaient en l'air leurs parapluies à fleurettes, battaient l'une contre l'autre leurs mains gantées, avec des rires et des larmes. Les hommes ne riaient pas, ne pleuraient pas, mais ils criaient encore : Vive l'Empereur !

C'étaient des enfants qu'on amenait au feu, qui s'en allaient cueillir en Champagne les derniers lauriers de l'Empire. Ils avaient quatorze, quinze, seize,.. ils avaient au plus dix-sept ans, des mères, des sœurs qu'ils cherchaient, qu'ils appelaient en passant vite, et sur quatre cents qu'ils étaient, trois cents firent ce jour-là leurs adieux.

— Léopold!

Une femme se glissa hors de la foule et tendit ses bras ! Elle était toute blanche, en robe d'organdi et pèlerine. Elle avait sur ses cheveux, à l'entour de son frais visage de bouquet, une jolie capote en tissu de bois, et dans l'ombre des grands rubans, un nez à la diable, une bouche tournée en coquelicot, deux yeux bleus, deux yeux tristes qui pleuraient... Ce fut horrible et charmant. Un jeune homme s'élança, vêtu d'un habit vert russe et d'un pantalon de piqué ; la foule se tut, un caporal gronda, — et, violents, les amoureux s'embrassèrent

— Vivent les soldats ! cria la foule.

Le jeune homme repartit sans tourner la tête ; la femme disparut. Alors un tapage de musiques se fit entendre, et un régiment de la Garde qui venait en sens inverse, défila devant les enfants, rapide, précipité, superbe. On vit une nuée de moustaches, on entendit ce cri aux jeunes gens : Ohé! *Les Marie-Louise!* — Puis le dernier homme passa, le bruit décrut peu à peu, et les musiques s'éteignirent en chuchots, très loin, vers l'Hôtel de Ville. On eût dit le régiment vision...

— Où va-t-il? demanda un curieux.

— Ceux-là, répondit un sergent, ils étaient en tenue de campagne, ils vont se battre.

— Et ces gamins?

Le soldat se mit à rire :

— Ça serait-il qu'on va leur donner des fusils pour décrotter les bottes de l'Empereur! Ceux-là aussi vont se battre !

Le colonel arrivait au galop :

— Vite! vite! allongez, pressez le pas, mes enfants!

Alors, les gamins traversèrent l'Étoile, et de même que le régiment, ils disparurent comme un troupeau, en file aiguë, sous les arbres...

Pendant ce temps, là-bas, en Champagne, l'occupation de Reims par les Russes rétablissait les communications entre la Grande-Armée et l'armée de Silésie. Les troupes impériales s'avancèrent aussitôt contre la ville. C'était le 13, au petit matin, neuf jours après le départ des « Marie-Louise », des recrues.

A un quart de lieue de Rosnay, l'escarmouche commença. Quelques lanciers poursuivirent une patrouille de cavaliers ennemis, et sabrèrent deux bataillons de landwehr qui prenaient le café dans la ville. A Gueux, le général Jagow s'échappa sur une jument non sellée. A Tillois, des Prussiens surpris au lit moururent en chemise, et nu-pieds. Les colonnes françaises marchant toujours firent halte, sans morts ni blessés, à trois kilomètres de Reims.

L'Empereur arriva sur le champ de bataille par un chemin de traverse, en tenue de chasseur, et accompagné de Berthier, d'un aide de camp, du page de service, de Roustan qui portait le « flacon d'argent rempli d'eau-de-vie. » Comme Napoléon n'avait pas eu le temps de déjeuner, le Contrôleur de la bouche le suivait au galop, tandis qu'il passait la revue, et entre deux haltes, lui donnait une croûte, lui versait un demi-verre de bordeaux dans une timbale de vermeil. Les soldats voyant cela disaient : « C'est donc qu'i mange pas comme i veut, quoique maître du monde... » Et presque paternels, n'ayant pas eu de pain, eux, depuis trois jours, ils criaient ensemble : Vive l'Empereur !

La droite de l'ennemi s'appuyait à Vesles dont les ponts étaient coupés ; la gauche s'étendait au loin. Il s'établit un grand silence, et, immobiles, Français et Russes, canons à canons, s'observaient,.. lorsque tout à coup, dans un hurlement de flamme, déchaînée comme ces grands bourdons de cent quintaux qui clochent les réjouissances de Dieu, une décharge de mitraille commandée par l'Empereur bondit au-devant les Russes, et immédiatement on prit la marche théorique de front : infanterie en deux colonnes, des deux côtés de la chaussée, têtes hautes, l'arme à la saignée ; ensuite, ruisselants d'or, roulant à l'ennemi comme deux rivières d'éclairs, les lanciers, les cuirassiers de Merlin, de Bordesoulle ; — aux ailes : Colbert et Defrance, avec les chevau-légers et les gardes d'honneur. Les soldats riaient en marchant, et les cavaliers se frappaient les cuisses du plat de leurs sabres. On jouait l'atout, l'Europe ou la mort, et dans les mains de Napoléon, la patrie en était à sa dernière poignée de terre.

— En avant!

Les tambours commencèrent la charge. Ils roulaient et s'accéléraient aux clameurs. Une huée montait dans les fusillades, et soit à la tête, soit à l'arrière de leurs profonds régiments, des voix de colonels, par sursauts, commandaient sous les bombes ;

— *Colonne avec distance entière sur la droite en bataille!*

Et d'autres, plus lointaines :

— *Feu de bataillon en avançant... Bataillons impairs, commencez le feu!*

Fusils, canons et galops! On eût dit que la plaine s'ouvrait; les arbres cassés l'envahirent d'une houle de bras tordus. Marmont commandait la charge, et tranquille dans le tumulte faisait tuer ses chevaux, lorsque un officier d'ordonnance lancé à fond de train lui jeta cette phrase en passant :

— Sur la droite... Régiment de recrues... Secours...

Il se retourna !

Envahis de fumées, cernés par un tourbillon rouge, quatre bataillons de « nouveaux » mouraient au loin et reculaient sous l'orage russe, au pas, sans pousser un cri, sans même lancer un coup de feu...

Dans la déchirure des éclairs, distincts, les hommes apparaissaient en groupes serrés, face aux balles, muets, et entre ces silences où crépite, rapide et sec, le maniement d'armes des « feux », par-dessus leurs shakos aux plumets de sang, on voyait dans le soleil resplendir leurs baïonnettes, comme un large fourré d'aiguilles.

— Brutes ! cria Marmont.

Il allait partir, quant il vit le régiment se disloquer tout à coup, et un petit homme en tricorne, monté sur un cheval blanc, s'écraser dans leur masse par une brèche de blessés ; — un cri même lui arriva, lointain, sublime :

Vive l'Empereur !..

— Toujours *lui*! dit Marmont. Cet homme voit tout.

— ...et avant les autres, lança Bordesoulle qui rechargeait.

Le Maréchal ne se trompait pas. C'était l'Empereur accouru vers les recrues, droit au milieu des bombes, aussi calme que dans son jardin de Saint-Cloud, ralliant, relançant à l'offensive ce troupeau d'écoliers en peur.

— Mes enfants, cria-t-il, n'ayez aucune crainte, voici votre père, il vient vous commander en personne!

L'attaque se réorganisa, et dans les fusillades, le régiment s'arrêta court. Il était par pelotons, la droite en tête, mordu sur les deux flancs par une trombe de chevaux cosaques. L'Empereur fit serrer la colonne à distance de section, former les divisions de pied ferme, et commanda, immobile, une main glissée dans le gilet :

— *Colonne contre la cavalerie.*

Il paraissait causer, tant sa voix ferme était douce. Il parlait d'ailleurs à des enfants.

— *Formez la colonne!*

Un frisson resserra les rangs. Les canons de bataillon se portèrent sur les deux flancs de la colonne, à hauteur des intervalles, et tandis que les guides, la plupart vieux soldats, essayaient un alignement, Napoléon dit encore :

— *Par sections, à droite et à gauche en bataille,* Marche !

Vivement, l'ordre fut répété par les chefs de bataillon et de division. Les sections de droite se formèrent à droite en bataille, et les sections de gauche se formèrent à gauche. Il y avait une compagnie de grenadiers ; l'Empereur la plaça par sections sur les deux flancs des deux premières divisions :

— *Guides, à vos places !*

Les officiers firent demi-tour, et l'Empereur, d'une voix rapide :

— Feu de deux rangs !

Les chefs de bataillon répétèrent :

— *Sections intérieures, l'arme au bras !*

— *Sections extérieures, l'arme au bras !*

Au milieu du carré, atteinte au front, saignait une bonne femme en culotte rouge qui, ruisselante de larmes, excitait les mornes gamins :

« Allons, mes petits Marie-Louise! Allons, mes enfants!... » Ce fut une manœuvre dans l'orage, et lorsque le régiment fit tête à la mort, une dernière fois l'Empereur éleva la voix :

— Pour la France, dit-il simplement, *commencez le feu!*

Les grenadiers tirèrent. Une décharge abattit les Russes qui, au galop, chargeaient le carré. Mais les enfants ne bougèrent pas; la plupart étaient de ceux qui avaient défilé, neuf jours auparavant, rue de Rivoli.

— Quoi! Qu'y a-t-il? bondit l'Empereur; tirez donc! mais tirez donc!

Aucun ne bougea. Les anciens dont on voyait pointer les lourdes moustaches tirèrent une seconde fois. Alors, d'entre les blessés qui tombaient, du fond des fumées que le vent poussait en rouleaux jusqu'au cheval de Napoléon, mille têtes se dressèrent, et le régiment *regarda* l'Empereur en silence.

Lui frissonna,... et en face de ces hommes qui, armés de fusils, ne se défendaient plus :

— Lâches! tirez donc!... Vous allez être culbutés ; tirez! tirez! Messieurs les chefs de bataillon!...

Courbé sur sa selle, il empoigna un soldat :

— Epaule! Vois ce tas de blessés... Comment t'appelles-tu?

Sans attendre, Napoléon leva le poing. Une décharge de boulets troua le régiment, et deux sections s'abattirent.

— Feu! Feu! Feu!... cria l'Empereur.

Autre silence.

Blême et fou, pantelant sous le talon d'une épouvante mystique, Napoléon retrouva son cri d'Iéna :

— Soldats! Vainqueurs du monde...

Le régiment le regarda encore... Ce fut le coup d'œil affolé du limonier sous le brancard, du mouton sous le couteau.

Il prit le fusil d'entre les mains de l'enfant et répéta :

— Comment t'appelles-tu?

— Léopold de Manneville, Sire.

— Eh bien, tu seras la honte des femmes! Aux fuseaux!... hurla l'Empereur.

Droit sur sa bête, il épaula un Russe, mais le

4

coup ne partit pas. Il lança le fusil avec colère :

— A un autre ! Le tien !

Un soldat leva le bras. L'Empereur prit l'arme, inspecta la gachette. Une fureur lui cassait les flancs ; il jeta encore le fusil :

— Un autre ! un autre !

On lui en tendit plusieurs. Dans le tumulte et le désordre, il les regarda et rugit :

— Pourquoi ces armes ne sont-elles pas...

A ce moment, quelqu'un tomba entre les pattes de son cheval, et eut le temps de souffler :

— *Je tirerais bien, mais je ne sais pas...*

D'autres voix crièrent :

— Nous n'avons fait que marcher depuis neuf jours !

— On ne nous a pas fait de théorie !

Et d'autres voix gémirent, sans doute des morts :

— Nous ne savons pas nous défendre,

— **Nous ne savons pas charger nos fusils**...

Aussitôt, sous le coup de l'horreur, la Face de César se transforma, ses traits égaux se modifièrent, et ses yeux parurent mourir... Cette lamentable réponse l'avait scellé au milieu du carré sur les quatre sabots de son cheval, et dans le rauquement des mitrailles, transfiguré par quelque atroce vision, il voulut rester ainsi en plein champ de mort, seul contre les Russes ! Il était la cible du combat, fantômatique, le sang aux jambes, et sa tête de terre aux lignes de médaille paraissait dominer encore la trajectoire des bombes.

Il fût demeuré là jusqu'à la *fin*.

Heureusement, pour sauver les *Marie-Louise*, Bordesoulle et ses « potirons » venaient au galop, dans un torrent de cuirasses ! Alors la vie lui revint au cœur; il sembla se réveiller, ordonna la charge, culbuta les Russes, prit leurs faubourgs, entra dans Vesles aussitôt, — et le soir, lorsque les « ruines » du régiment de recrues, dont trois cents étaient morts, défilèrent, soulagé, il eut un soupir, appela trente gamins, trente *Marie-Louise* au hasard, — et les décora.

Au Capitaine Commandant Jacques de Fontanges.
9e *Houzards.*

FIXE !

FIXE !

Quatre jours après le galop triomphal d'Iéna, à quelques lieues de Prentzlow, on saisit dans les poches d'un fuyard cette lettre d'un bourgeois d'Helmstadt :

... Ma chère femme, les Prussiens sont en déroute ; notre bon duc Brunswick est mort ; Halberstadt est plein de blessés... Dieux ! que seront devenus mes deux fils, surtout l'aîné !.. Les Français se sont vengés au centuple de leur défaite de Rosbach, et cela donnera le coup de grâce à la réputation militaire des Prussiens... Il est temps que l'Europe soit convaincue que les Français, s'ils ne sont pas trahis, sont et resteront invincibles... Ce sont de petits bonshommes, des nains ; s'il s'agissait de se mesurer avec eux corps à corps, un officier de notre nation viendrait à bout de six d'entre eux, et les ferait sauter par la fenêtre, mais en troupe et dans le rang, ce sont des diables : cela marche, cela se déploie avec une promptitude sans exemple ; les boulets passent par-dessus, et pendant qu'un inutile et lourd serre-file prussien fait une seule fois demi-tour à droite, les Français ont déjà répété ce mouvement une douzaine de fois, etc.. etc..(1)

Ces diables de *nains* dont parlait à sa femme le bon bourgeois, M. le Grand Duc de Berg, prince Murat, venait d'en recevoir deux régiments qu'il avait offerts à Lassalle. C'étaient des Gascons, bougres fameux ne mesurant que cinq pieds au plus de la visière aux bottes. Fins comme des lutins, débarqués la veille des garnisons de France, ils rigolaient du haut de leurs montures, et n'avaient pas encore vu le feu.

— Encadrez-les de vieilles brisques, dit Murat.

Lassalle compléta deux régiments de ses houzards, les premier et quatrième pelotons de cha-

1. Authentique. — *Sixième Bulletin de la Grande-Armée.*

que compagnie. Ainsi les jeunes galopaient sous l'œil des anciens.

Le Maréchal se trouvant à Prentzlow pour chasser les restes de l'armée prussienne, fit appeler Lassalle :

— J'apprends qu'une partie de la troupe de Hohenlohe se tient dans la ville. Rassemblez les hommes que je vous ai donnés hier; entrez dans les faubourgs, et chargez.

Lassalle prit ses dispositions de combat. Elles n'étaient jamais longues : il allumait une pipe, et sabre au poing, le cœur calé, admirable dans ses bazanes vernies et l'or de sa tenue brodée, il lançait le terrible : *Escadrons en avant*! — et cassait tout.

— Marche!

On entra dans la ville au galop. Les deuxième et quatrième houzards, vertigineux, chargèrent en fourrageurs. Ce fut un torrent de chevaux, de sabres, de jurons ! A une lieue de là, des gendarmes de Prusse entendirent le coup de gueule.

— En avant! hurlait Lassalle.

Poings aux cuisses, le sabre bas, et lancés

comme des boulets, ces deux masses de cavaliers
sautèrent sur l'Allemand et le culbutèrent, le roulèrent, le hachèrent à coups de sabots, à coups de
lattes et d'injures !

Hohenlohe, à la tête des fuyards, sortit par
l'autre bout des faubourgs, et botte à botte avec
l'ennemi, les houzards de Lassalle, emportés par
leur joie de fous, quittèrent la ville par les issues
prussiennes, pelotons épars, disloqués, à qua-
druple train, trompettes ci et là, soufflant et courant, braillant à la tuerie !

Lassalle, monté sur une jument plus « vite »,
estoquait, pointait sur l'échine de l'armée, sa
petite pipe aux lèvres, et tête nue, flamme aux
yeux, les bras gantés de poudre, sinistre et gail-
lard, trébuchant, titubant sur des buttes pourpres
de soldats morts et de carcans éventrés, apparaissait, disparaissait, s'élançait, retombait, surgissait
encore, de plus en plus frénétique, étreint, cour-
batu, poussé, enlevé par l'infernale ivrognerie de
la guerre ! A la fin son cheval tomba, et poissé de
sueur, tremblant dans ses bottes comme un pur-
sang de course, à la fois riant et furieux, il tourna
la tête, et, stupéfait, vit ceci :

Deux colonnes de houzards, effectif de quatre escadrons, s'étaient peu à peu détachées. Blêmes d'horreur sur leurs chevaux, ces hommes qui savaient à peine sabrer, trottaient par la route et refusaient de reprendre leur place au rang. Des officiers couraient autour d'eux, les rappelaient, tentaient vainement de les rallier. Lassalle arriva, et reconnut les *Gascons* :

— Rassemblement!

Il entra dans le troupeau d'hommes, et aussitôt les recrues l'« environnèrent », terrifiés par son grade de général, ses yeux d'incendie, la grosse Croix pendue sous son col, liée au deuxième bouton, et les raquettes étincelantes, larges comme des pelles, qui battaient sa forte poitrine. Quand ils furent tous là, rangés, il enfonça son regard dans la bande, se mit à rire, fit faire à son cheval une volte curieuse, et grave, bourrant une autre pipe, retourna vers les *anciens*, escorté en silence de tous les *jeunes*.

Les houzards qui s'étaient battus, rappelés par les trompettes, et massés dans la plaine, regardaient venir Lassalle et ses honteux escadrons. Assis de biais sur leurs selles, un doigt sous leurs

moustaches, ils riaient et se moquaient des conscrits. Derrière le général, on voyait deux rangs de
têtes enfantines, toutes blanches, dont beaucoup
se courbèrent en arrivant sur la ligne...

Lassalle fit reformer les deux régiments, et
ordonna aux colonels de ramener les « vieux » à
Prentzlow.

— Ce sera ma réserve, dit-il. Quant aux *gamins*,
je les garde ici, avec moi.

Et il ne resta dans la plaine que le général et ses
gascons.

A ce moment l'ennemi se reforma sur la lisière
d'un bois lointain. C'est ce que Lassalle avait
prévu. Tandis que les hommes qui avaient donné
faisaient demi-tour et partaient au trot, en colonne,
il fit face aux conscrits, et roublard, superbe, leur
cria :

— Lapins ! voici le moment de montrer vos
poils ! Tout à l'heure vous hésitiez, mais je m'entends en courage ; vous êtes du pays des grands
maréchaux, et si des soldats comme vous demeu-
rent en arrière, ce n'est que pour mesurer leur
élan ! Deuxième Houzards ! Quatrième Houzards !

vous serez dignes des morts de Saalfeld où votre
ARME s'est illustrée !

A ces mots, le mouvement qui se fit sur la ligne
leva toutes les têtes. Les pelotons furent secoués
d'une décharge nerveuse, et une bordée de jurons
gascons sauta vers Lassalle :

— Sandious dé Di ! Mac-arel dé Di ! Ann avagn !
Tue ! milo Di dé Di ! tue ! tue ! tue ! !

— C'est bien ! cria Lasalle.

Aussitôt, énorme, une décharge tomba dans les
rangs, et cinq cavaliers firent la culbute. Lassalle
ne dit rien et commanda la « marche en ligne »,
comme à la manœuvre :

Garde à vous...

1ᵉʳ escadron : escadron d'alignement...

Il enveloppa sa troupe d'un clin d'œil :

Escadron en avant...

MARCHE !

Tout s'ébranla.

Les hommes suivirent leur général, le cœur et
le cerveau retournés, sans salive, droits comme
des fantômes sur leurs selles. Ce fut magnifique.

Cette marche à la mort avait quelque chose
d'hallucinant. L'attente du boulet faisait ciller les

5

yeux, frémir les flancs, craquer les mâchoires. Un cheval, parfois, tracassé de la molette, s'enlevait sur ses jarrets, l'encolure en plein ciel, et jetait dans le silence, vers l'ennemi, sa rude clameur de clairon. Le général, vingt pas en avant, le dos tourné à ses houzards, marchait et souriait. Le soleil, tombant de gauche, faisait luire la robe de sa jument noire, scintiller l'or de sa tenue, et séparait la fumée de sa pipe en deux fils bleus. *Baaoômm !* Terrible, une deuxième décharge râfla trois hommes. Lassalle fit craquer ses dents.

— Va, va... Tire tes fusées, brute, mais gare à mes bâtons !

Il flatta son cheval, lui fit faire un passe-pied gracieux, et tournant à demi la tête :

— *Au trot*, MARCHE !

Dociles, sans volonté, sans pensée, sans voix, les hommes le suivirent. L'ennemi, prenant cette bravoure pour une feinte, cessa de tirer.

Au bout de cent pas, le général darda son sabre :

— *Au galop*, MARCHE !

Les escadrons bondirent, mais moins lestes que Lassalle, moins bien montés, un instant ils demeu-

rèrent en arrière. Lui leur fit signe, et dans une
bouffée de pipe :

— A la houzarde, cordieu ! *Chargez !...*

Vertige ! Le tourbillon s'enleva, se tordit, et d'un
grand élan d'orage, fila dans la plaine vers les canons. L'ennemi bientôt ne se trouva plus qu'à
trois cents mètres. Alors, un cri terrible tomba,
s'écrasa sur les Gascons •

Garde à vous !

Et presque aussitôt :

Escadrons...

HALTE !

Net, Lassalle se retourna.

C'était hardi, c'était fou.

Placé entre l'ennemi et ses hommes, entre la
canonnade et la charge, — bombe ou culbute, — il
risquait deux fois la mort. Aucun houzard ne comprit, mais brusques, les chevaux s'arrêtèrent, le
feu aux narines, comme scellés.

— **La charge !** criaient des voix lugubres. Sang
Di dé fi dé Di ! la charrge ! la charrrge !...

Il n'était plus question de fuir.

D'affreuses bordées d'obus crevaient sous les
chevaux, abattaient les jambes comme des quilles,

et jetaient les cavaliers à dix pas, d'un coup. Une fureur blême étreignait les quatre escadrons. Lassalle, dressé au milieu du feu, leva son sabre :

A droite…. alignement !

Toute la ligne s'agita et on fit silence. Il est des heures où « par ordre » on tenterait de franchir le ciel, en culotte de parade et kolbach n° 1. Cet alignement sous les flammes eut quelque chose de fameux, de sublime. Touchés de l'éperon, les frissonnants chevaux se rangèrent, et s'adressant aux quatre escadrons à la fois, les obligeant ainsi à faire face au danger, à subir têtes levées l'orage des plombs, des bombes, et toutes les ferrailles de la pesante mitraille, debout, souriant, jeune, couvert d'or, il cria dans le tumulte :

FIXE!

Et au trot, sa pipe dans la poche, escorté de ses capitaines, le général commença la *revue* :

Il s'arrêta devant le deuxième homme :

— Ta selle est mal mise. Descends, refixe-la : tu blesses le rognon de ton cheval.

Le cavalier descendit. Lassalle tomba sur sa jument qu'une balle venait de traverser.

L'homme déboucla sa selle, et le général prit une autre monture.

— Et toi, dit-il, arrange-moi ces musettes.

Et à un autre :

— Combien de chemises ?

— Deux.

— Ta sous-gorge est trop serrée, ton cheval ne respire pas.

Il attendit sous le sifflet du feu que la sous-gorge fût desserrée.

— Vous, maréchal des logis, on ne sait donc plus brider ?

Le maréchal des logis n'eut pas le temps de répondre ; un boulet le saisit, l'enleva, le jeta par terre.

—Et toi, dit Lassalle au voisin, où est ton bonnet de police ?

— Dans le gilet d'écurie.

— Et le gilet d'écurie ?

— Avec le surtout, mon général, pliés en quatre sur le grand sac.

— Et le grand sac ?

— Sur la croupe.

L'homme avait répondu simplement. Il n'avait pas l'air d'avoir peur. Lassalle avança le bras, et lui tira la moustache.

— Toi, fit-il à un brigadier, regarde ton cheval.

Son accent prit de la colère :

— Un cheval qui secoue la tête souffre de l'embouchure. Visite à l'instant même le mors. Allons, descends !

L'homme, terrifié, obéit. Lassalle continua de marcher, mais au moment où il inspectait un sabre, son cheval s'écroula entre ses jarrets. On lui mena celui d'un mort, et tranquille, ayant fini le premier rang, il passa au second, frappa de sa main la croupe d'une bête, et fit retourner son cavalier :

— Ton paquetage est mal fait. Les bottes sous le couvercle du porte-manteau ; on ne doit pas voir les talons. Regarde...

L'homme ne regarda pas, et touché d'une balle, fit un saut. Le général portait malheur.

Il avait terminé la revue, et cinquante hommes

étaient tombés. A un capitaine qui les comptait :

— Ce sera la punition du régiment, dit-il.

Revenu à sa place, il ramena les rênes de son
cheval. L'ennemi tirait toujours et se préparait à
charger. Alors, il cessa de lui tourner le dos, fit
face à la mort, et sabre en l'air :

— Soldats, cria-t-il, j'ai fait de vous des *Houzards*. Vive l'Empereur ! et maintenant...

Un paquet de boulets rasa son front.

— **Chargez** !... cria Lassalle.

Joyeux, il partit comme la foudre, les éperons
en arrière, sa tête et celle de son cheval l'une contre
l'autre, à vingt pas en avant de ses hommes. Exter-
mination ! Massacre ! Incendie et boucherie ! Comme
un ressort immense écrasé par un poing rude, et
lâché soudain,.. les houzards gascons tombèrent
sur les Prussiens de Hohenlohe. Il ne resta de
l'ennemi que les drapeaux, les pièces, une charge
de viande à vautours, — et le soir, à huit lieues de
là. comme Nansouty et ses cuirassiers marchaient

à Berlin, ils rencontrèrent avec stupeur sur la route un houzard démonté qui, rouge des bottes au kolbach, sans cheval, sans carabine, sans pistolet, sans sabre, la gueule estafilée, horrible d'élan et de fureur, chargeait encore à poings tendus quelque invisible ennemi, et hurlait, fou sans doute, au milieu du soir :

— Tue ! tue ! tue !... Hardi ! Triplo Di !... En avant ! Mort aux Prussiens ! Vive l'Empereur !

Au Lieutenant Edouard Simond.
   89e de Ligne.

LE DERNIER TAMBOUR

5.

LE DERNIER TAMBOUR

Après le passage de la Bérésina par le Maréchal Victor qui, le soir du 28, avait broyé tant de monde en assaillant les ponts, les débris de l'Armée française ayant dispersé deux fois les bandes russes prenaient un peu de repos dans les environs de Smorgoni.

Deux officiers passaient à cheval sur une route, enveloppés de manteaux et la tête basse :

— Vous dites, colonel, qu'il y a beaucoup de français en arrière, malgré cette boucherie des ponts?

— Des milliers ! les traînards de tous les corps. Ils sont couchés dans la neige, sans armes.

— Vous auriez dû les rallier.

— On ne met pas dix mille hommes dans ses fontes !

'— Soit... mais vous auriez dû leur donner l'alarme.

— L'alarme à des morts !

Il y eut un silence.

— Vous savez qu'*il* passe demain la revue du Troisième. Ney m'a chargé de vous prévenir. Vous défilerez en tête.

Le colonel se mit à rire formidablement.

— Une revue !... au troisième corps !...

Il se retourna vers le général impassible, — et sa gaieté tomba, comme une masse :

— Vous *blaguez*.

— Monsieur Champeaux !

— Sabredieux ! cria le colonel, il n'y a qu'un Empereur qui puisse passer la revue de ces hommes-là !

Il leva le bras vers le ciel.

— Une revue ! continua-t-il, mais ce sera une

revue d'escouade! Le 3e corps, au début de la campagne, comptait 35.000 hommes d'infanterie et
2.400 de cavalerie ; au départ de Moscou, 10.000.
Savez-vous combien il en reste?

Il n'attendit pas la réponse :

— Il en reste 130. Les chevaux, je n'en parle pas,
ils sont digérés! Moi: colonel Champeaux, savez-
vous combien j'ai d'hommes?

— Dites.

— J'en ai 7, débris d'un beau régiment de grenadiers.

Le général, frissonnant, fit bouger sa bête.

— Combien de blessés?

— Six.

— Officiers?

— Un, et c'est le valide : moi.

Le colonel éclata de rire. Il la trouvait
« bonne »!

— C'est bien, fit le général. Nous sommes le 4.
Demain, à neuf heures, il faut tout de même que
le 3e corps soit réuni. Trouvez-moi cet effectif.

Le colonel interrompit violemment :

— Dans ce désert! chercher un corps d'armée!..

— Bah! dit le général, c'est l'Empereur qui le
veut. Entendez-vous, Champeaux; l'*Empereur*...
Et il s'enfonça dans la nuit.

*
* *

Champeaux, droit dans la neige, réfléchit une
minute...

Au milieu d'un cercle de voitures et de che
vaux attachés, l'armée française campait, c'est-
à-dire qu'en désordre, au hasard du vagabondage
des traînards et du glissement des blessés, des
bandes s'étaient unies autour d'un millier de feux
qu'elles alimentaient de planches pourries, de dessus de caissons, de panneaux et de roues brisées.
C'était partout une mer sans grèves de fantômes,
de baraques, où passait par instants le souffle
lourd, immense, indéfini de l'orage, et parfois
l'éclat terrible d'un caisson de bombes qui sautait! Champeaux traversa les groupes, irrésolu et
brutal, engueulé par les hommes dont il déran-
geait la tristesse :

— Une revue... une revue de l'Empereur!
demain!... Ces charognes n'ont plus d'uniformes!

Ils sont habillés de coups de sabre, de chabraques, de couvertures de chevaux. Allez donc
retrouver des bataillons là-dedans!

Il saisit au hasard une épaule :

— Quel régiment?

L'homme, étendu, dormait. Il ouvrit un œil...
puis lourdement le referma.

Champeaux tira son sabre, et entrant dans
les flammes qui assoiffées léchèrent ses grosses
bottes, se retourna vers les hommes dont les
mains noires, tendues vers les charbons, se
dégelaient en s'égouttant. Ils ne le regardèrent
seulement pas,.. mais Champeaux s'étant mis à
rugir l'ordre de l'Empereur, aussitôt ce nom pro-
noncé, quelques têtes se levèrent — les plus vieilles — et douze cavaliers du 3ᵉ corps vinrent se
ranger derrière le colonel.

— Avez-vous vos chevaux?

Les vieux soldats se mirent à rire, comme des
petites filles, doucement.

— Eh bien, on s'en passera, dit le colonel.
Marrche !

Il continua son chemin. Lui et ses hommes

entraient, hardis, dans les foyers. Champeaux
lançait l'ordre impérial qui au fur et à mesure des
difficultés devenait, aggravé par ses hurlements,
une sorte de proclamation aux troupes. La
mémoire de Napoléon fit sortir des flammes une
trentaine de soldats, dont huit grenadiers.

— Entrez dans le rang, dit le colonel.

En chemin, il butait sur des hommes couchés.
Alors, d'un geste, il arrêtait son peloton, et, tous
vautrés, ils décollaient de terre des soldats,
comme on arrache des bouts de poutre figés dans la
glace. Ils les plantaient droit sur pattes, et Champeaux enflé d'une congestion braillait sa romance :
Brutes ! c'est pour l'Empereur ! — Ce mot les
dressait comme si Murat lui-même leur eût
poigné le cou, et ils partaient en riant ! Au bout
de quatre heures, l'effectif du 3° corps monta jusqu'à soixante.

Vers minuit, le recrutement devint difficile.
Un froid noir à geler le Vésuve, à geler l'une sur
l'autre les quatre idées d'une cervelle de fiévreux
couchait les hommes à tas sur les bivacs, au
milieu des tisons ardents, roulés, massés, boulés,
têtes sur fesses. Pour les remettre debout, Cham-

peaux transfiguré *promit des croix!* Vingt-neuf se
levèrent ; ils étaient jeunes, de la dernière conscrip-
tion.

— Vive l'Autre ! cria Champeaux. En avant !

Mais son cheval ne bougea pas... Apocalypti-
que, frémissant, fumant, le cou tendu, il re-
niflait sur un dormeur, et mâchait ses bufflete-
riês.

— Qui va là?... grogna Champeaux, si courbé
qu'il semblait pendu à sa selle.

—Personne ne *va*, dit un grenadier de la suite,
c'est un squelette d'artilleur.

L'homme, couché, ne remuait plus. Le colonel
tira son sabre. Alors une tête énergique s'éboula
d'un flot de neige, et deux yeux clairs s'étant pro
menés sur la pelisse de Champeaux :

— Qu'est-ce qu'il me veut, le supérieur ?...

— Lève-toi.

L'homme se mit en colère, il crut qu'on s'amusait :

— Toi, prends garde... un pas de plus, et je
t'embroche la gargoine, tout colonel que t'es !

Ayant parlé presque d'un seul coup, l'artilleur
souffla comme une bête, et en retombant découvrit

son corps dont une cuisse était coupée, à ras de ventre.

Champeaux fit encore deux bivacs, et à trois heures, la troupe ayant compté cent vingt-cinq hommes, il désespéra de retrouver les cinq autres.

— Rentrons.

— Ils repartirent, mais en chemin, le colonel trouva entre les brancards d'une voiture un voltigeur qui battait ses semelles et grattait la glace d'une patte de cheval.

— Suis-nous ! lui cria la troupe.

— Je ne me dérange pas quand je dîne, répondit ce spectre.

Champeaux leva sur lui un de ses pistolets, et le soldat fit un écart :

— Laisse-moi prendre mon tambour, au moins !

Le colonel, frappé *au cœur* d'une idée, s'empara de l'homme :

— Tu es tambour ?

— Oui.

C'était un petit soldat sans barbe, tout fluet, aux cheveux enfantins.

— Et tu as gardé ta caisse ?

— La voilà, fit le conscrit. Quien ! pisque j'suis tambour, j'ai mon tambour. Si je n'avais plus de tambour...

Champeaux l'empoigna, le mit en selle, l'embrassa sur les deux joues comme une femme. Seul au milieu d'une armée en détresse qui abandonnait ses armes, cet enfant qui sauvait sa caisse lui parut prodigieux.

— En route !

Ils entrèrent dans la plaine et s'installèrent à l'abri, sous les voitures.

Champeaux veilla jusqu'au matin.

*
* *

Vers huit heures, Napoléon parut. Il venait d'inspecter certains corps, et de dicter ce 29ᵉ *bulletin* qui stupéfia la France. Ney était à côté de lui. Ledru des Essarts vint trouver Champeaux.

— Allez, dit-il.

L'Empereur était sur un tertre.

Le 3ᵉ corps debout, rangé, en files de quatre, était posté à cent mètres.

Champeaux à cheval tira son sabre :

— Attention, mes gaillards... dit-il à demi-voix, l'AUTRE vous regarde. *En avant...* tendez le jarret, frappez du pied, faites nombre. *Marrrche !*

Aussitôt, plus déchaîné qu'une meute, plus envolé, plus sonore et solide que les fanfares disparues du Corps tout entier, un *ran plan plan* terrible de tambour éclata! — Et ces cent vingt-cinq hommes, débris des superbes trente-huit mille d'Elkingen, défilèrent sous les yeux froids de l'Empereur: *Ran... ran... ran... pataplan ! plan ! plan !* chantait le mince tambour. Quatre par quatre, attentifs au pas, coude à coude, front haut, ces moitiés d'hommes traversèrent un coin de plaine, au bruit du roulement! Champeaux, comme au Carrousel, marchait derrière le tapin. Cette parade mortelle, en pleine neige, au milieu des pires souffrances et devant l'armée stupéfaite épouvanta le farouche Maréchal dont les genoux tremblèrent d'enthousiasme, à côté de Napoléon impassible. Beaux comme le martyre, ces cent vingt-cinq hommes ne portaient plus d'uniformes, et le tambour même n'était visiblement tambour que par la rage de son tragique *rataplan* ! — *Pan* ! *pan* ! hurlait-il, *rataplan plaum*! *plaum* !.. — Allaient en tête, comme le veut le règlement, huit grenadiers de la Garde aux chimériques figures, les uns coiffés de bonnets crasseux, enfumés par les combats et les bivacs, les autres couronnés de coffres de poil, avec des barbes de six mois, toutes vieilles, et le corps zébré de solennelles hachures. *Ran* ! *pan* ! *pan* ! *rrrran... rrran pan* ! *pan* ! s'exaspérait le dur tambour. Suivaient soixante voltigeurs, aussi vieux que les grenadiers, un tiers en guêtres noires et deux tiers chaussés de bandes de cuir. « Au pas ! gare à l'Empereur! » cria Champeaux. — *Ran! plan! plan* !... *pataplan, plan! plan!* — Venaient ensuite, nu-crânes, deux soldats du génie, pontonniers lugubres sans sabres ni gibernes, affreusement couturés par les Cosaques, mais armés de pioches : *Rrra... rra... rra — pataplan! paum! paum!* clamait la caisse. Apparaissait ensuite une cavalerie informe, sans chevaux, clopin-clopante, mais si fière qu'elle eût sur l'instant rebroussé retraite et reconquis les

Russies; huit cuirassiers sans cuirasses levant sur Napoléon leurs frimousses massacrées, les manchons poilus de leurs casques serrés autour de leurs cous, la plupart vêtus de pelisses russes gagnées à coups de poings! L'un d'eux, énorme, n'avait plus de pantalon et s'était lié autour des cuisses deux chabraques bleues; il marchait dans la neige, les jarrets nus... A côté de lui trébuchait un grenadier démonté, au bonnet écumé par les biscaïens, sans poil, sans plaque ni cordons, ni plumet. Hardi! Voguent les baguettes, et roule, tambour, pour les vieux pandours! *Ran... ran... ran... pataplan!...* S'approchaient pour finir, en quatre lignes serrées, les artilleurs au nombre de quinze... Vive nos canons du Piémont! à qui les tresses de cordes blanches et les raquettes manquaient! — Puis douze dragons vêtus d'habits sanglants jadis verts, casqués de peaux de tigre, et vingt houzards de l'Elite, en culottes pendantes, embrennées de poudre et boutonnées de coup de lances, dont les dolmans argentins s'éployaient en vagues filoches... *Rataplan!* Sonne fort, sonne encore, tambour du Thabor, à la mort! *Pataplan! rataplan! plaum... plaum...* « N'ayez pas l'air

d'andouilles, dit Champeaux, **voici l'Empereur!** »

En effet, debout sur sa bête blanche, insensible
et fatal comme l'avenir, Napoléon les attendait...

Ce ramas de héros, un des seuls qui restât de
l'épopée, défila devant lui, les yeux tournés vers
sa Face. Le tambour continua de frapper sa caisse
dans la plaine, suivi de ce bataillon lamentable,
et comme endeuillés d'un crêpe mortel, se réper-
cutant par échos sourds entre les rigides murs de
l'âme impériale, ces roulements déjà lointains,
de plus en plus vagues et mourants, semblèrent à
l'Empereur les coups de bronze d'une fin prédite,
l'alarme suprême, le *glas* irrémédiable de ses puis-
santes armées...

Au Capitaine Pierre des Brosses
89ᵉ *de Ligne.*

LES CRINIÈRES

6

LES CRINIÈRES

Vers le commencement de décembre, un peu après que Lannes eut abandonné Tarazone, une troupe de dragons entra dans cette ville.

C'était un grand régiment triste et sans peur, décimé par les embuscades, et la plupart de ses soldats semblaient vieux, tant ils avaient souffert. Préoccupés seulement de gloire, ils étaient de *ceux* qui avaient traversé l'Europe, et de 1805 à 1808, les derniers de la Vieille-Armée qui durant les marches racontaient leurs aventures, et l'œil sou-

dain clair, d'une voix basse qui en tremblait encore,
narraient aux conscrits épouvantés le funèbre
« tumulte » d'Austerlitz.

— Halte !

Ils étaient sur la place d'un marché, au milieu
de maisons basses, et la ville semblait morte. On
n'entendait par instants que la gifle d'un sabot
de fer, la fuyante chanson des sources qui traversaient Tarazone de leurs mille filets d'eau, et l'immense élan d'un vent de montagne qui soufflait
lointain...

— Holà ! dit le colonel, qu'on fouille les maisons !

Cet officier supérieur avait au plus trente ans. Il
était mince, blond, et sans doute qu'au feu des
combats il avait dû chercher les blessures, car des
pieds au crâne tout ce qu'on voyait de sa peau en
était couvert. Il tiquait sur sa selle, ardent, et l'œil
collé aux portes que les soldats abattaient, de ses
doigts joints il effilait ses moustaches rousses, tail-
lées à la gauloise.

— Ha ! dit-il enfin, ces brutes s'étaient enfermées.

En effet, des femmes et des enfants, des vieillards s'éboulaient de tous côtés sur la place, poussés vers les dragons.

— Faites un tas des filles, dit le colonel.

Il en venait à chaque instant, et comme si le même effroi eût traversé toutes les maisons, la ville entière ouvrait ses portes.

— On ne trouve aucun homme, dit un officier.

— Parbleu! dit un autre, ils sont à l'embuscade, et gare pour nous au défilé...

Maintenant, les femmes arrivaient par troupeaux. Les ruelles étaient pleines de jupes claires, et mille voix aiguës sanglotaient d'horribles jurons. Une vieille bondit vers la place, les bras levés, en hurlant!

Des soldats en menaient de pauvres, les plus jolies, qui riaient, mais la plupart tordaient leur taille, les doigts en griffes, comme des jeteuses de mauvais sort! Et entassées sous l'éclat de joie des dragons, elles insultaient le colonel. Quelques-unes, même, enragées, prirent des cailloux et les lancèrent!

6.

— En tas ! en tas !

Il y en avait, assises, qui donnaient le sein à des enfants nus, et d'autres qui, les poings hauts, malmenées par une fureur sainte, secouaient leurs vêtements comme des flammes ! On les sépara des vieillards à qui elles reprochaient leur tristesse, des enfants dont elles augmentaient la terreur. Une jeune fille s'enfonça un poignard dans le cou ; les autres prirent son sang, et l'éparpillèrent dans des signes de croix, vers les dragons, — et la vieille, par-dessus ses compagnes, hurlait si fort et d'une voix si rauque, si continue, si effrayante, que là-bas, dans les pelotons immobiles, les chevaux épouvantés se serrèrent...

— Est-ce fini ? demanda le colonel, toutes les femmes sont-elles là ?

— Toutes.

— C'est bien. Qu'on aille chercher des ciseaux.

Une dizaine d'hommes entrèrent dans les maisons, guidés par trois des filles les moins furieuses, et revinrent presque aussitôt.

Alors le colonel s'approcha des femmes, en prit

une par le chignon, et montrant les autres d'un geste :

— Coupez-moi ces chevelures ! toutes, sans en excepter, au ras de la peau !

Il souriait, et, entre les oreilles de sa bête qui les pieds de devant sur une borne ronflait à la charge, impatient, il se mit à regarder les femmes.

Devinant le châtiment, elles butaient contre les dragons, tombaient d'elles-mêmes sur les branches des grands ciseaux. Elles voulaient toutes mourir, mais saisies avec force, elles ne bougeaient bientôt plus et, coupés net, leurs longs cheveux tombaient à terre.

On les empoignait par la taille ; on tranchait l'orgueil de leurs têtes ! Les dragons s'esclaffaient, sonores, avec ces femmes dans leurs bras, et elles, s'attachant à la garde épaisse des sabres, tentaient de mordre leurs poings. Mais leurs cris furent inutiles. Le colonel attendait, droit sur son cheval, que ces mille femmes fussent rasées. Le temps de les saisir : de leur nuque d'ambre aux coquilles de leurs oreilles, de leurs oreilles à leur front, les beaux cheveux coulaient en cascade, les uns longs, si longs qu'ils leur battaient les talons, les autres opulents, si opulents qu'ils leur enveloppaient les flancs, et ils tombaient, ils tombaient aux pieds des soldats comme des voiles, comme des drapeaux éployés.

— Est-ce fini? répéta le colonel, toutes les femmes sont elles tondues?

Des cris encore éclataient! La plupart de ces cheveux étaient voués à la Vierge; des femmes se lamentaient en sanglotant, et à genoux, les mains hautes, montraient au ciel leurs chevelures tranchées. Un capitaine poussa son cheval.

— Tout est prêt, mon colonel.

Les cheveux coupés étaient par terre, alignés. Ils faisaient le tour de la place, et on eût dit un marché de serpents.

Le colonel passa devant eux, amusé, au trot. Derrière lui, près de leurs montures, les hommes plaisantaient en se montrant les femmes qui, accroupies, recouvraient leurs têtes de mantilles. Les cheveux étaient tous noirs, et il s'en exhalait une odeur forte, infiniment douce, de jardin... Le colonel enleva sa bête :

— Dragons! commanda-t-il.

D'un saut il fut devant ses hommes, et les narines saoulées, enveloppant la place d'un coup de main :

— Foutez-moi ça sur vos casques!

Un hurlement de rires s'élança des escadrons! Tous à la fois, les cavaliers s'écrasèrent dans les chevelures, et comme elles étaient tombées à profusion, chaque homme eut la sienne. Il y en avait d'enfantines qui frissonnaient comme des buées, d'autres soulevées au bout des poings qui retombaient et pesaient, et il y eut aussi de fiers dragons qui les secouant de soufflets s'en couvrirent la tête, les reins et les cuisses, comme d'un manteau d'ordonnance. Le soir tombait. Dans l'effeuillement d'un mélancolique soleil rouge, tous ces hommes ressemblaient à huit cents fantômes, et ces chevelures qui ruisselaient sur eux semblaient huit cents fontaines de sang noir. Un vieux brigadier, de hauteur incompréhensible, dardait ses pleines mains, et empoigné d'une pitoyable joie, balançait ce flot nocturne, sans comprendre. Il en fut qui s'embarrassant de ces mèches épanouies en bourrèrent leurs grosses bottes. Un major s'en était vêtu de la jugulaire aux éperons. Un lieutenant sépara les siens en trame double, et derrière les fils de ces cheveux immenses, on l'entendait jurer de volupté, on voyait sa gorge battre et ses dents luire. Quelques soldats, très jeunes, s'étaient assis, et les yeux morts, leurs joues et leurs moustaches roulées dans ces toisons de parfum, d'une bouche pâmée, ils râlaient sans plus entendre, sans plus voir personne. Cette ivresse dura une heure; — les hommes enlevèrent enfin leurs casques.

C'étaient de vieilles marmites « à la Minerve » toutes meurtries, toutes bosselées par les coups de sabre et les balles. Ces casques avaient changé bien des fois de maître; ils étaient de ceux qui avaient traversé l'Europe, et de 1805 à 1808, les derniers de la Vieille-Armée qui durant les marches, plantés sur de nouvelles têtes, contaient aux cavaliers étonnés le fameux *tumulte* d'Austerlitz.

On suspendit à leurs cimiers les chevelures, — et un trompette sonna!

Aussitôt, le régiment fut en selle, magnifique. Toutes les figures étaient hautes; un grand parfum s'exhalait des rangs...

Le colonel tira son sabre, et il allait commander la marche, lorsque tout à coup un horrible cri retentit, et une vieille qu'on avait détachée se mit à courir près des bêtes. C'était celle dont les hurlements avaient tant excité les femmes. Un homme l'arrêta, et comme on ne lui avait pas tranché les cheveux, le colonel accourut :

— Cette femme!

Il montre une paire de ciseaux :

— Vite...

Les cheveux tombèrent comme une neige...

— A mon casque!

Le trompette coupa la crinière noire et lia celle de la femme au cimier d'or. Développée, elle habilla le colonel de lumière, et soyeuse, recouvrit d'une housse blanche le cheval sombre qu'il montait. Au milieu des hommes, la vieille se roula convulsionnée.

— Laissez! dit le colonel.

Il regarda la montagne, immobile :

— Pas de pardon, leurs fils peuvent nous tuer tout à l'heure.

Et à son cri :

— MARCHE!

Tout s'ébranla...

Les escadrons défilèrent devant les femmes qui, les poings en avant et toutes debout, leur lançaient de rauques injures! Les vieux soldats pensaient aux trappes de la montagne, mais les jeunes revoyaient peut-être leurs mères et leurs sœurs. Un petit, au teint clair, se retourna vers les femmes; il pleurait et leur envoya un bonjour.

A partir de Tarazone, il n'y a plus de grandes routes; on va dans des chemins couverts d'éclats de roches.

Le régiment s'enfonça dans un défilé.

Il monta ainsi pendant une heure, dans le bleu sombre d'un soir froid, vers l'embuscade, vers les Espagnols, sans doute vers la mort, — et peut-

être qu'une des femmes restées sur la place, à genoux et attentive, se sentit émue en regardant
leur troupe gravir les monts, décroissante comme
une bande d'oiseaux en voyage, et attristée un
peu de ne pas connaître le soldat de France qui
l'avait tenue embrassée, se demanda, voyant partir
ces fiers hommes, quels étaient là-bas, quels
étaient les siens de ces longs cheveux qui flot-
taient...

Au Lieutenant Francis Parnet.
18ᵉ chasseurs à pied.

UN ET INDIVISIBLE

UN ET INDIVISIBLE

Le 15 octobre, Murat vêtu en tambour-major cerna Erfurth à la tête de sa cavalerie.

Erfurth — ou Erforth — capitale fortifiée de la haute Thuringe, à cinq lieues de Weimar et dix d'Iéna, fut cédée au roi de Prusse avec son territoire par l'article 3 des *Indemnités*. Il y avait dans la ville 14.000 soldats, le prince d'Orange, le feld-maréchal Moëllendorf, gouverneur de Berlin, les lieutenants-généraux Larisch et Graver, et cent vingt pièces de canon. — Murat n'eut qu'à montrer son panache, et immédiatement généraux, troupes et canons se rendirent.

Ce fut un air de fanfare qui *prit* Erfurth.

On signa de part et d'autre la capitulation de la citadelle. La réponse au *premier article* était libellée ainsi :

Les postes seront occupés dès à présent par les troupes de S. M. l'Empereur et Roi : Demain, 16 octobre 1806, à midi, la garnison sortira avec armes, bagages, enseignes déployées et canons de bataillon. Elle déposera ses armes sur les glacis de la place et sera prisonnière de guerre. MM. les officiers conserveront leur épée et leurs équipages ; ils rentreront en Prusse sur leur parole de ne servir qu'après leur échange. Les moyens de transport pour eux et leurs équipages leur seront accordés pour suppléer à l'insuffisance des leurs.

Tout se passa comme il était « voulu ». Un ordre de réquisition râfla diligences, berlines, charrettes, char-à-bancs, et les Prussiens partirent.

Le roi était dans les environs. Une masse

d'officiers résolut d'aller le rejoindre avant de ren-
trer à Berlin. La route une fois choisie, au galop,
ils s'éloignèrent ensemble, — une centaine, —
les trois quarts, dont quelques-uns blessés, en
voiture, les autres à cheval.

On allait ainsi depuis une heure et la nuit allait
venir, quand une ombre se dressa au milieu du
chemin, à cent mètres.

— Halte !

Les officiers se considérant « hors guerre »
voulurent passer outre; un coup de feu partit, le
premier cavalier tomba.

— Halte-là ! cria de loin la voix rude.

— La troupe s'arrêta net — et, aux flammes du
soir, les officiers reconnurent l'homme à son gros
shako: c'était un soldat.

— *Qui vive !* cria-t-il encore.

La bande fit un mouvement. Quelques chevaux
s'enlevèrent, d'un bond d'effroi. Le temps de
charger, de décharger : un coup de fusil creva le
soir, puis un autre ! un autre ! un autre ! Et quatre
bêtes s'allongèrent dans le sang.

Alors le grenadier n'appela plus, et il se mit à
tirer sur les équipages, les hommes et les chevaux.

Les Prussiens, stupéfaits d'être calés sur la route par un seul homme, semblèrent tenir conseil. Ils n'avaient que leur épée. Alors une file de voitures s'arrêta, et les chevaux de selle se mirent à l'abri. Là-bas, dans le soir qui descendait vite, l'homme continuait sa fusillade.

On le voyait au loin saisir la cartouche, la mâcher,.. puis cinq secondes s'écoulaient, mortelles, le temps de vider la poudre, amorcer, fermer le bassinet, passer l'arme à gauche, mettre la cartouche dans le canon, la secouer, l'enfoncer, tirer la baguette, la faire entrer dans le fusil jusqu'à la main, bourrer deux coups, viser, tirer, — tuer un homme, —recommencer, en tuer deux, trois, quatre, cinq, six, sept, huit... Il en était au neuvième.

Un coup de feu retentit.

— Au dixième ! cria le soldat.

Mais au moment où il ajustait, ferme sur pattes et la baïonnette allongée à côté de lui, sur le chemin, un officier eut le temps d'accourir, et lancé à brides volantes, lui fendit le shako d'un coup d'épée.

— Ah ! fit simplement le soldat, paraît qu' t'en veux à ma gargoine.

Sa baïonnette bondit; atteint à la gorge, l'officier croula sous les pieds du cheval.

— Et toi aussi, bourrique... murmura le soldat.

D'un coup de couteau, il éventra la bête et s'en fit un rempart.

Vingt hommes étaient sur lui, dont quinze droits sur leurs selles et furieux qui le dépassaient du buste. Un large anneau d'épées l'encercla, et quatre boutonnières s'ouvrirent dans le poil de sa poitrine, mais cinq hommes tombèrent.

Alors une rage culbuta les Prussiens vers lui, et peu à peu, sous les entailles, la face du soldat se mit à rougir. Toute nue, balafrée, hachée, meurtrie et sublime, dressée dans les épées claires et secouant une pluie sanglante, cette caboche de soldat commandait à la tuerie, et sous le branchage des lames, apparue comme la boule pourpre d'un soleil d'hiver, elle montait, montait sans trêve, érigée vers le Dieu, vers le Sabaoth des batailles par le tas croissant des morts. A la fin, tout de même, il tomba :

— Touch !

Une oreille lui coula du cou; il se releva en la

ramassant, éclata de rire, tua deux hommes, et
d'un bond se retrouva sur la butte, féroce :

— A qui ! à qui !!

Il chargeait du bras droit, dans la masse, et le
poing gauche en l'air, agitait son oreille rouge :

— Ohé ! les marchands de suif ! à qui ! à qui !...

Les Prussiens se ruèrent ensemble, saoûls de
honte, et le bras du soldat se mit à pointer. Il allait
et venait, s'élançait, mordait, reculait ; — et ruisselante chaque fois de bulles pourpres, la baïonnette
s'enfonçait plus loin dans les rangs. L'homme gardait son rire, et attentif, sachant bien qu'il allait
mourir, tuait le plus qu'il pouvait, à droite, à gauche, en avant, en arrière, par grands coups sourds,
abattait les soldats sur les chevaux, les bêtes sur
les hommes, en tas, et sinistre, fossoyeur de sa
propre vie, se taillait une litière de viande, préparait son trou, son fumier. Il était si haut qu'il
dépassait les Prussiens, dans le soir, de toute sa
hauteur. La baïonnette ne suffisant pas, il eut l'idée
de charger, de recommencer à bout portant la fusillade ; un coup de jarret l'éleva encore, et calé sur
les nuques, dépoitraillé, sanglant, il prit une cartouche, la mordit, la vida..., mais subites, lancées

en charge, deux bêtes s'enlevèrent, butèrent contre la barricade, y accrochèrent leurs cavaliers ! On entendit un râle de joie, et deux lames traversèrent le grenadier, comme deux sétons.

— Ah! dit-il, t'arrives trop tard, vous n'aurez rien de moi, *l'oreille est dans le canon.*

Il déchargea le fusil sur eux en dégringolant, cria : Vive l'Empereur! et s'évanouit de fatigue. Alors trente mains l'empoignèrent, le lancèrent dans une voiture, avec les cadavres, — et en silence, les Prussiens se remirent en route.

*
* *

Ce fut à neuf heures seulement qu'ils atteignirent le roi. Il était dans un petit village où à chaque moment des bandes de fuyards se faisaient reconnaître; elles arrivaient en désordre, sans chefs, démoralisées par le souvenir d'Iéna. — Debout au milieu de sa tente, assisté par Moëllendorf qui venait d'Erfurth, Guillaume interrogeait les officiers.

Il connaissait déjà la capitulation; il venait même d'envoyer une lettre à l'Empereur, soumise et moins arrogante que l'air de combat qu'il sonnait à ses gardes, la veille de 14 octobre. Sur ces entrefaites, on vint lui conter l'histoire de l'attaque des équipages; il y voulut à peine croire, et fit signe qu'on lui amenât le grenadier.

On le chercha dans les voitures, et on le trouva sous une charge de morts. Revenu à lui, il étouffait, jurait, crevait *ses* cadavres de coups de poings, de coups de genoux, et hurlait aux « empoisonneurs »! On le déglua de cette charogne, et les cheveux en plaques, les souliers giclants, trempé comme s'il sortait d'un bain rouge, on le poussa devant Guillaume. Le roi le voulait ainsi.

Quand il aperçut le soldat, il pâlit. C'était, en effet, une effrayante vision, quelque chose comme un fantôme, un cadavre debout, et le sang lui coulait des dents, du nez, des yeux, des oreilles... Guillaume frémit :

— Comment t'appelles-tu?

Le grenadier, immobile à trois pas du Roi, répondit :

— Le Kenneck, Breton, de mon état *marchand de mort subite.*

Malin, il regarda autour de lui, et se mit à rire.

Une balafre lui entaillait les deux joues; on eût dit un rire qui saignait.

— Combien de *morts*? demanda Guillaume.

— Vingt-cinq, dit un officier.

— C'est donc toi qui viens de me tuer *vingt-cinq* hommes?... demanda Guillaume.

— Probable, dit Le Kenneck, j'ai toutefois pas compté.

Il y eut un silence; le monarque regardait le soldat.

— Tu ne sais donc pas ce que c'est qu'une capitulation?

— C'est la théorie de « l'ennemi », dit le grenadier.

— Lorsqu'une armée capitule, continua Guillaume, elle est sacrée. Amis et ennemis fraternisent.

— Fraternisent! cria Le Kenneck; depuis vingt ans que je « voyage », j'ai jamais vu ça!

— D'où venais-tu?

— D'Iéna, où je me suis conduit pour la gloire et l'honneur. On m'avait laissé mort au mitant d'un carré de Prussiens, et je revenais à Erfurth qu' les camarades m'avaient dit que c'était là où logeait le *Tondu*. Je marchais donc tranquille sur la route avec, au milieu des reins, ma clarinette à six pieds qui mange de la poudre et souffle du feu, quand subito je vois de la Prusse au passage... Halte! en joue...Paf! Là comme ailleurs, c'est toujours la guerre, pas vrai!

Une seconde fois il se mit à rire, s'essuya l'oreille.

Moëllendorf regardait les bottes de Guillaume... Le roi contemplait le soldat, et songeait aux grenadiers de Frédérick.

— Depuis quand es-tu soldat?

Le blessé eut un frisson :

— Depuis le siège d'Ypres, 94. J'en ai-t-i vu de ces batailles à feu et à sang! Schaffouse, Trauffel; Vintherlous; *ah! Guillaume*, et la prise de Zurich!...

Moëllendorf rougit, sourit. Le roi éclata de rire, mais l'homme n'y comprit rien et continua :

— Sans compter qu'au mois de septembre de cette année-là, on a passé la Limathen au milieu des balles russes, et l'année d'après... Petit moment! On a beau être le roi de Prusse, faut pas oublier que le Français depuis sa tendre enfance est baptisé vainqueur du monde et fils des conquêtes, à preuve le saut par dessus le Rhin et le Danube, les batailles de Moërskerick, de Linsberg, de Friberg, de l'Ynn, de Salzbourg, de...

— Oui, oui, dit Guillaume, tu es un brave, mais quoique brave, tu mérites d'être fusillé.

— Vive l'Empereur ! cria le soldat.

Et, ferme, il attendit.

— Ces Français, murmura Guillaume impatient, quand donc les corrigerons-nous ?...

— Ça peut se faire, dit le grenadier, mais c'est pas core le moment.

Le roi marcha vers la porte, fit un signe, et se tourna vers le soldat.

— Va rejoindre *ton* Empereur, tu as la vie sauve.

Il regarda Moëllendorf.

— Cet homme s'est trop bien conduit — en tant que soldat — pour qu'on le fusille. Qu'en pensez-vous?

Le feld-maréchal s'inclina.

Quatre gardes se rangèrent devant la tente, et Guillaume dit encore :

— Pars. J'admire ton courage héroïque; mais il est malheureux que tu serves une aussi mauvaise cause que celle de l'Empereur; c'est un homme sans pitié qui vous sacrifiera tous, toi et tes camarades.

A ces mots, on vit se retourner le soldat. La colère l'avait empoigné, il en tremblait, — et sur le seuil de la tente sa frimousse réapparut.

— Guillaume, dit-il, je te respecte, mais changeons de conversation, car nous ne serions pas d'accord sur le chapitre de l'Empereur, *un et indivisible!*

Farouche, appuyé contre un garde, il attendait une réponse... Mais Guillaume ne répondit rien, leva le doigt pour congédier l'homme, — et toujours calme, laissant après lui un chemin de sang, Le Kenneck sortit.

Au Lieutenant Baron Gustave de la Croix de Ravignan
25ᵉ *Dragons.*

A BOIRE !

A BOIRE !

———

Ils entrèrent dans le village de Crouy, près de Soissons, par la grand'route, armés de lances, montés sur leurs chevaux tartares. La bande se fixa devant une porte. Le premier cogna ; personne ne vint.

Ils secouèrent d'autres portes. Un écho qui semblait retentir en des chambres vides répondit seul aux coups de leurs poings !

Le village était petit et triste.

Eux marchaient toujours. Ils enlevaient leurs

montures, brandissaient leurs lances et grognaient de grands mots rudes ! Mais ils n'entendaient aucune voix, et les cours n'avaient plus d'oiseaux. — Soudain, d'un choc, ils s'arrêtèrent...

Devant eux s'élevait une maison blanche, peinte à la chaux, enveloppée de boutons et menue comme un nid. Elle reposait au coin d'un pré, sur un velours de pousses neuves, et la porte en était ouverte, nocturne, accueillante à l'étranger...

Vivement, d'un bond de bête, ils sautèrent sur la route, et bride à l'épaule, poussèrent trois *hourrah* ! Leurs huit bonnets aux flammes rouges coururent dans le jardin, et en masse, par l'unique porte, ils entrèrent. C'était l'heure du soir; les yeux distinguaient encore...

La première pièce était une salle à manger vide.

La deuxième était une cuisine vide. La troisième était un cabinet vide. Etonnés, ils montèrent. La chambre qu'ils aperçurent d'abord était seulement pourvue d'un bois de lit et d'une chaise. La deuxième n'avait ni bois de lit ni chaise. Dans la troisième ils virent une femme.

Cette femme était au milieu de la chambre, assise sur un escabeau, et faisait téter un enfant.

Elle leva le front et dit, apercevant ces huit têtes qui la regardaient :

— *Les Cosaques...*

Ce mot les décida, et ils comprirent qu'elle vivait, car dans son immobilité, avec son teint de matin, blafard et vague, et la désolation du logis, cette femme semblait une morte.

Ils la considéraient, rangés, appuyés sur leurs orgueilleuses lances. Un air qui sentait la nuit glissait dans les chambres de la maison et chantait... Tout cela était si triste que la femme baisa son enfant.

— Boire, dit une voix.

D'autres Cosaques répétèrent :

— Boire ! boire !

La mère ne fit pas un mouvement. Elle regardait leurs mâchoires s'ouvrir, leurs yeux rouler comme des boules. Avec douceur, elle saisit son petit, lui arracha des lèvres la pointe de son sein gauche, le replaça dans ses genoux, et lui donna le sein droit.

— Boire ! dit un Cosaque en s'approchant.

Ils se mirent à parler tous à la fois, et dans ce désert leurs moindres mots résonnaient comme des tambours. Ils enveloppaient la femme de sauts de loups, allaient d'un placard à l'autre, sondaient les murs de leurs mains immenses, et, sous les coups de soif qui raûquaient dans leurs gorges, les toisons de leurs barbes se hérissaient.

— Boire ! boire ! !.

Un des huit posa le poing sur la femme. Aucun pli de cette taille de femme ne bougea..., mais comme deux soleils ses deux yeux se levèrent sur l'homme, incandescents, si pleins de lumineuses pensées que son visage, ses seins nus, ses doigts, et l'enfant même en resplendirent ! — Puis cette lumière s'effaça, les yeux redevinrent ternes. L'inconnue secoua son cou.

— Partez, je n'ai rien.

Sauvages, ils écoutaient les mots tomber de ses lèvres, et penchés si près que leurs souffles de brute lui frisaient les cheveux, ils crièrent en reprenant leurs lances :

— Boire ! boire ! ! boire ! ! !

Alors elle se leva et disparut avec son enfant. Les Cosaques l'entendirent s'enfoncer dans la terre,

d'un pas qui décroissait, puis à cropetons devant
la croisée, un même rire empoigna leurs barbes,
les secoua de brusques soufflets, — et ils se turent
un à un, pour contempler la campagne...

L'Empereur y était passé : elle était déserte.

L'Empereur y était venu avec ses Aigles, ses
soldats, ses canons, tenter une dernière fois le destin, accomplir jusqu'au bout l'œuvre d'épouvante
que Dieu lui avait imposée. Elle était solitaire
comme une veuve et n'allaitait plus qu'une houle
d'herbes de ses ruisseaux mi-taris. On sentait en
elle tous les deuils de l'abominable Année. L'in-
vasion barbare l'avait meurtrie de ses coups de
bottes, et elle ne riait, n'embaumait et ne chantait
plus.

— Voilà du vin, dit une voix.

C'était la mère.

Elle posa la cruche, et retourna dans son
coin.

Alors les Cosaques se ruèrent tous ensemble.
D'un coup de reins, le premier enleva le broc et le
bascula vers sa tête, mais au moment où glissait

le fil du vin, il regarda la femme, s'approcha d'elle, baissa la cruche et la lui tendit.

— Boire... dit-il.

D'un geste, il lui montrait le vin.

La femme comprit, alla chercher un verre, le plongea et le tira du broc tout ruisselant. Puis elle but, l'œil sur les huit hommes...

Alors ils lancèrent un hourrah! un hourrah si violent que de la cave au coq la demeure entière gémit. Le premier but, le deuxième but, et pendant que le deuxième buvait, quelque chose qui pouvait bien être une idée traversa la tête du troisième.

— Boire... fit-il vers la femme.

Il désignait l'enfant.

La femme tendit le bras, saisit le verre qu'on lui donnait, retira son sein, — puis, goutte à goutte, elle fit boire l'enfant, de force, et le remit tout en pleurs contre sa poitrine.

Les Cosaques suivaient ses mouvements, intéressés comme une troupe d'ours par un papillon. Les prunelles de la mère, fixes, roulaient vers les huit hommes, sans les voir. Elle semblait en contemplation devant quelque image levée au loin, dans la nuit, dans la solitude de son cœur, et immobile et insensible, raide, avait l'air d'un bloc habillé.

— Boire, demanda le troisième.

Pendant qu'il buvait, d'une gorge claquante, le quatrième, les poings aux flancs, se préparait à son tour, et les autres, massés comme des statues, le regardaient avaler le vin de ce geste long et ravi qui cambre la taille des ivrognes et clôt leurs yeux sous leurs bras brisés. Le quatrième Cosaque but, le cinquième but, mais au moment de boire, le sixième qui se retournait impatient, découvrit de l'*or* sur le cou de la femme.

— Ho! fit-il.

Un saut le buta contre elle. Il lui passa le doigt sous le menton, et brusque arracha le petit collier. La femme ne bougea pas. Il y avait un médaillon au bout de la chaînette.

Tous les Cosaques revinrent. Attirés par l'or, ils le soupesaient dans leur paume. Celui qui avait volé ouvrit le médaillon d'un coup d'ongle, et un visage d'officier apparut.

— Hourrah!... hurlèrent les huit hommes, —

et reconnaissant un soldat de l'Empereur, ils le montrèrent à la femme, terribles.

— Mon mari... dit-elle.

Ils ne comprirent pas, demeurèrent inquiets, le doigt tendu.

— Capitaine, fit-elle encore, capitaine au 1ᵉʳ Grenadiers de la Garde.

Un des buveurs coula le médaillon sous ses yeux et lui lança quelques mots d'une voix étranglée qui semblait un râle, d'une voix aiguë comme le fer de sa lance.

— Mort, dit la femme, mort dans le « bois enchanté », aux premières batailles, Champaubert.

Et elle chuchota singulièrement :

— ... les Cosaques.

Le sixième, une vaste brute aux cheveux séparés en paquets sur les deux faces du crâne laissa tomber la chaîne d'or dans ses bottes, saisit la cruche, l'enleva d'un coup d'épaule bienheureux et se mit à boire. Il avalait sans toucher le col de terre, et la pomme de son gosier sautillait comme un crapaud mou. Une minute il resta ainsi renversé, les yeux au plafond, puis étouffé, repassa le vin.

Et le septième qui était le plus fort but d'un seul bras, le poing sur son sabre. Et pendant qu'il buvait, les cinq premiers s'allongèrent sur la terre, satisfaits, saoûls de plaisir, bondés comme des tonnes. Le septième buveur ayant fini roula sa langue dans sa barbe rude et s'accroupit. La femme regardait toujours son enfant...

Alors le dernier Cosaque s'approcha, courba la tête, observa le fond de la cruche, et reporta ses regards vers la femme. Elle avait découvert ses seins tout à fait, l'homme les aperçut... Elle était belle ainsi, douce comme un fruit de pleine saison, et ce qu'elle montrait de chair était si blanc que l'homme fit un pas... Mais la femme ayant deviné, la même nappe de lumière lui descendit des yeux, coula sur sa bouche, sur son cou, sur sa poitrine, éclaira l'enfant endormi. Et l'homme but, et il se coucha...

Le soir s'en était allé. Par les fenêtres ouvertes, la nuit maintenant se glissait, sans lune, sans étoiles, épaisse comme un triple manteau. La femme berçait toujours son enfant, et les huit lances reposaient au mur comme des barreaux de prison. Vautrés en tas, les sauvages fredonnaient pour s'endormir. De leurs huit ronflements s'exhalait une espèce de murmure, quelque chant de l'Oural embarrassé de vin, triste, triste... — Et aucun ne se réveilla...

Aucun, car une heure après, la femme, l'enfant et les huit Cosaques *étaient morts.*

A la mémoire du Général Margueritte.

LE PORTE-ÉTENDARD

8.

LE PORTE-ÉTENDARD

Quelques officiers de Berthier causaient devant un feu de bivac, dans une rue de Moscou. C'était le soir. L'incendie s'éteignait. Il ne restait plus de la ville qu'un tas de moellons.

— Tu dis qu'*il* est encore à la Moskowa...

— J'en suis certain. Une bombe lui a coupé la jambe droite.

— Pourquoi lui as-tu laissé le drapeau ?

Le soldat, un immense capitaine de cuirassiers aux pendantes moustaches, leva sur celui qui parlait deux yeux terribles séparés au milieu du front d'un coup de latte, et, froid comme un pan de glace, tandis qu'une de ses mains tirait par la dragonne son lourd fourreau :

— *Vous* n'avez rien de plus intéressant à me dire ?

— Allons ! allons ! crièrent quelques voix ; Desportes va se fâcher ! Vous avez le sabre facile ! Allouard, mon vieux, tu as tort. On ne fait pas de ces questions...

— En campagne, dit un jeune colonel qui chauffait ses mains blanches, on galope entre un bonjour et un adieu...

Cela fut dit d'une voix pure. Ce meneur de régiment sortait du collège.

— Desportes que voilà était de l'escadron de Saint-Marien, dit Allouard. La victoire a été dure, comme vous savez tous. Mon régiment était poussé par les Cosaques, on brûlait la terre au galop ; j'ai braillé dans la bataille : Saint-Marien ! Saint-Marien !... *Touch* ! Une culbute l'abat de son cheval.

— Amen pour lui. Nous crèverons tous.

— Mais on aurait dû lui reprendre son drapeau !

L'Empereur n'aime pas qu'on laisse les Aigles en arrière !

— Ce n'est pas facile, grogna Desportes. Il faut qu'un officier soit foutu pour lâcher sa hampe au premier *qui vive*.

— Je lui aurais coupé les doigts, moi, dit Allouard, et il aurait bien fallu qu'il lâche le drapeau !

— Les morts sont forts, dit le jeune colonel doucement. Desportes, vous auriez peut-être pu le sauver, puisque vous étiez à côté de lui pendant la charge...

Le cuirassier lança un pied en arrière, pour se caler. Sa botte se raidit, et le mouvement de recul tira son manteau qui en s'écartant laissa voir une poitrine fortifiée, où tintaient et resplendissaient de pesantes croix.

— Il fallait sauver Saint-Marien vous-même, *monsieur* Allouard, le prendre en selle au milieu des Cosaques de l'Etman et des 30.000 fantassins de la réserve. Koutousoff n'est qu'un enfant pour un soldat comme vous !

Il se mit à rire, et sa cuirasse retentit.

— Un soldat « comme moi » n'oublie pas son

frère, dit Allouard têtu. Si vous avez laissé le porte-étendard, il fallait prendre l'Aigle, entendez-vous, Desportes !

— J'entends, dit flegmatiquement le cuirassier.

Et tout de suite il tira du fourreau son sabre de charge, lourd de vingt livres. Mais Allouard déjà l'attendait :

— Enlève Jacqueline.

— Hein !

— Oui, *ta croix*; l'Empereur n'aime pas les duels.

Le cuirassier dit seulement : « Voilà une chose drôle... » D'un coup de poignet, il râfla sa croix, la blottit au fond de sa main, et para d'un revers à décorner un troupeau la première pointe du dragon.

A ce moment une patrouille de grenadiers tomba sur leur dos : « L'Empereur !... l'Empereur !... » Le colonel ferma sa houppelande, les officiers raffermirent leurs casques, et Desportes et Allouard pétrifiés rengainèrent, — tandis qu'à douze pas du bivac, perceptible à peine sous les ténèbres, une petite Ombre à cheval suivie en silence d'un état-major de fantômes traversait les ruines de la rue, songeuse, les rênes errantes, et, sans rien voir s'enfonçait au pas, dans Moscou.

*
* *

En retraite...

L'abandon de la ville était décidé. La Russie nous fuyait sous sa neige. Pour la première fois, Napoléon avouait à l'Europe, en se retirant sans battre Alexandre, qu'une expédition française pouvait échouer. Aux dépêches de l'Empereur, Koutousoff ne répondit pas.

L'armée fondait de jour en jour. La France n'entrait que pour moitié dans le cadre des divisions. Allemands, Suisses, Croates, Lombards, Piémontais, Romains, Espagnols murmuraient devant la retraite, et, poussés hors des camps par de sourdes proclamations, désertaient la nuit pour joindre les Russes. Napoléon, soucieux, fit reformer les régiments, charger quarante mille voitures, plier les bagages, et les routes étant gardées, ordonna pour sa marche en arrière de reprendre les passages de la marche en avant. L'Armée, têtes baissées, reconnut la trace de ses talons de bottes,

et revit avec épouvante Mojaïsk et la Moskowa...

Sombre et seul, Desportes marchait à son rang
d'escadron. La neige, depuis dix jours, était tombée.
Elle avait couvert le champ de bataille.

— Une fameuse ! gronda le général Mortier
quand il passa.

— C'est *ici* que les dragons chargèrent... dit
Desportes.

Il s'aperçut que depuis cinq minutes son cheval
marchait sur des ossements.

— Et *voilà* les cuirassiers, l'artillerie... souffla
une voix derrière son cou.

Le capitaine fit une volte-face pénible, et sous
le casque entrevit Allouard qui désignait les
morts...

— Ah ! c'est vous, dit le cuirassier.

— C'est moi, dit le dragon.

Ils marchèrent ensemble, sans parler, abattus
dans leurs grands manteaux d'ordonnance. Un
ronflement d'immenses marches faisait tonner les
routes autour d'eux. Parfois, d'un geste qui planait sur un carré de neige, ils découvraient une

brigade morte, un régiment vaincu, enfoui, oublié, — puis baissaient de nouveau leurs yeux, se laissaient aller au pas du cheval, taciturnes, l'âme en deuil, la voix gelée.

— Triste...

Arrivés au milieu du champ de bataille, Allouard saisit le cuirassier, — et ils se regardèrent un instant, fixes, muets, comme si depuis la retraite une lamentable et unique idée s'enfonçait en eux...

— Tu voudrais *le* chercher, hein ?

— Oui, cherchons-*le*, fit le dragon laconique.

Depuis la veille, on marchait sans ordre, sans discipline, et toutes les armes s'entremêlaient. Ils purent donc s'écarter pour aller *voir*.

La plaine était labourée, crevée par les bombes, fendue par les voitures d'artillerie. Partout des éclats de casques, d'affûts, de cuirasses, des roues brisées, des lambeaux d'uniformes, et des étangs de sang où les chevaux s'enfonçaient.

— Déblaie avec ton sabre, dit Allouard.

Desportes sortit sa grande latte, et fourrageant dans le tas des cadavres, il les soulevait, les rejetait à droite, à gauche, en arrière. Les soldats écrasés tombaient comme d'une butte, découvraient des loups dont on voyait luire les yeux et qui fuyaient par la plaine, le poil rebroussé d'aiguilles rouges, toutes raides.

— Charognes ! gueula Desportes, et animé par le danger il sauta de son cheval, se vautra sous les morts.

— Si tu le vois, hein ! appelle tout de suite, dit Allouard.

Les rênes roulées au bras, ils entraient dans la masse des spectres jusqu'à la ceinture, et pointaient avec fureur, avec rage, lorsque tout à coup,.. hérissé sur ses bottes, la peau blanche, Desportes agita frénétiquement son sabre :

— Nom de Dieu ! hurlait le capitaine, nom de Dieu de nom de Dieu !...

Il était si immobile qu'il semblait mort. D'un saut, le dragon fut à côté de lui.

— Là...

Desportes montrait un vieux cheval couché dont

un obus avait décousu le ventre. Du poitrail aux cuisses la peau s'ouvrait comme deux lèvres.

— Saint-Marien... dit le cuirassier d'une voix froide.

— Sacré sale fou ! Cosaque !... répondit le dragon sabre haut, je te casse la gueule si tu te moques du cap'taine Allouard... Où as-tu vu Saint-Marien ?...

— Tire ce morceau de peau, dit le cuirassier.

Ils se collèrent dans la neige, le long du cheval. Chacun saisit une lèvre de l'entaille, et la poussant d'un effort ils ouvrirent la blessure...

— Je reconnais *là-dedans* Saint-Marien ! cria le dragon hors de lui.

— Prends-le à la ceinture, dit Desportes, je vais lui soutenir la tête. C'est une drôle de fosse que la bedaine d'un carcan.

Ils forcèrent à coups de reins les deux lippes de peau rouge, et tirèrent des profondeurs du cheval mort le porte-étendard Saint-Marien qui affreux, défiguré, accroupi comme un horrible fœtus dans cette masse de chair, avait une jambe repliée devant lui, et le moignon de l'autre, ligaturé de fourrage, enfoncé dans un tas d'entrailles.

— Étonnant, dit simplement le dragon.

Pendant qu'ils soulevaient le cadavre, il y eut entre les deux soldats ce dialogue sublime :

— Combien as-tu de campagnes ?

— Huit.

— Moi neuf.

— Moi j'ai fait l'*Italie*, an VII, l'*Ouest*, an IX, la *Gironde*, an X...

— Et moi 1805, 1806, 1807, *Grande Armée*...

— Moi 1810 et 1811, *Portugal*...

— Moi aussi.

— Eh bien ! dit Desportes, je n'ai jamais vu *ça*.

— Voilà un Russe coupé en huit, et à coups de dents, dit Allouard, il n'en reste plus que les gigots. Saint-Marien a mangé de la mort.

Le dragon tenait le cadavre par la tête et le cuirassier par le moignon. Le cou en avant, débraillés, ils se regardèrent comme deux vautours... Ce porte-drapeau, qui pour n'être pas saisi prenait comme tombe les flancs d'un cheval, *égaya* une seconde ces deux hommes.

— Emportons-le.

Ils firent un pas...

... Mais le choc, si léger qu'il fût, ouvrit les

yeux de Saint-Marien qui, sur les deux hommes, darda son regard de spectre et murmura :

— *Sauvez l'Aigle aussi...*

Alors une épouvante immense les encercla des talons au front. Ils ouvrirent leurs mains. Desportes se mit à hurler :

— L'Aigle ! l'Aigle !

— C'est vrai, dit Allouard devenu effrayant, tu as parlé de l'*Aigle*... Où est l'aigle ?

— Dans le cheval.

Lâché tout à fait, Saint-Marien coula sur la neige, raide mort. Eux se ruèrent contre la bête, y enfoncèrent leurs épaules, agrippèrent les viandes, rompirent à coups de poing les grands os, et ramenèrent enfin, enveloppée d'une loque raidie de sang dur, l'Aigle impériale qui toujours vivante continuait à griffer la Foudre !

— Vive l'Empereur ! clamèrent les deux hommes.

Une même jalousie les jeta en selle. Comme l'avait prouvé Saint-Marien, l'*étendard* passait avant tout ! Transfiguré, droit sur sa bête, Allouard observait la campagne... Ils aperçurent au loin —

très loin déjà — par-devant l'armée en déroute, la même petite Ombre à cheval suivie d'un état-major de fantômes... Alors, d'un élan de brutes, ils piquèrent droit sur elle — et le cri que poussa l'armée ayant fait retourner les têtes,.. l'Empereur vit galoper à lui, côte à côte, vertigineux comme la charge, effrénés, deux ouragans, deux hommes dont les bras joints immuables comme deux hampes dressaient au ciel, affamée de gloires et de combats, blessée mais non défaillante, l'Aigle Invaincue dont les faisceaux d'éclairs plus meurtriers que les foudres même de Dieu avaient démoli l'Europe !

Au Capitaine Adjudant Major A. Varlet.
46ᵉ *de Ligne*.

ELLE...

ELLE...

Un homme se leva dans la plaine, d'un air abruti...

Une minute, il resta ainsi, muet. Il avait au plus trente ans, une ride de combat comme taillée au sabre, et des yeux de « baille aux bombes ». Tout à coup, un peu de lune glissa dans le bivac, illumina le soldat.

Au loin, sous cette lumière, un autre homme apparut.

Ils se regardèrent, et immobiles, à dix pas l'un de l'autre :

— C'est toi, Simonet?... souffla le premier.

— Maclard! dit le second.

— Ils s'approchèrent, et, les bras ballants, dressés comme des visions sur le sommeil des bivacs :

— Tu l'as vue?

— Oui, je l'ai vue passer...

Ils firent silence. Un autre homme, sous leurs pieds, se dressa :

— Ribailler!

— Moi.

Il pleuvait. Ribailler, blême, secoua son manteau et s'en couvrit.

— *Elle* a posé un doigt sur mon casque, elle m'a réveillé...

Et il dit, en regardant ses bottes :

— Tant pire.

— Toi, Maclard, quoi qu'*elle* t'a dit?

— Moi, elle s'a couché tout près, m'a dit : viens...

Maclard ajouta comme un enfant :

— Et je suis venu.

Simonet dit seulement :

— Moi, *elle* m'a rien dit. Un signe,.. et j'ai deviné à son coup de doigt qu'on avait pus à paqueter que pour l'éternel.

Comme ils causaient, un autre homme s'approcha. C'était un sapeur du 22ᵉ dragons. Il avait une tête de tigre, énorme et rousse, au nez broyé, deux yeux de proie tranquilles et large ouverts, le bonnet fauve et un tablier de cuir plein de lune. Il dit :

— Ben, vous autres tous ?

— *Oui...* firent les autres.

Il y eut un silence. Il pleuvait toujours.

— La garce, dit Boudaille, encore un mois, et le sapeur que je suis retournait dans mes foyers !

— Voilà, firent vaguement les autres, c'est comme ça...

Deux ombres s'arrêtèrent à quatre pieds d'eux.

— Ça y est, dirent-ils, nous venons de *la* voir...

Ils commencèrent à se promener, sans but, par

la plaine, entre les dormeurs, comme ces chevaux de bataille languissants de leurs maîtres qui flairent la nuit dans les charniers. Ils cherchaient leur âme...

Il en vint d'autres qui s'étant réveillés aperçurent au loin leur troupe. Les uns étaient vieux, les autres jeunes, et tous portaient sur le front le même mot fatal. Il y en eut un cependant qui plaisanta :

— Moi, je m'en fous ! Et pisque paraît que c'est demain, on s'en va en couper, pour lors, de la viande de sabre !

Le premier de cette bande de loups bouscula quelqu'un dans l'ombre. Du coup de botte qu'il lança sans voir, jaillit un sanglot.

— Qui, là ?

On continuait à pleurer.

— Y a assez de fontaines là-haut, gronda Boudaille. Maclard ! Maclard ! Couche-moi ça d'un autre coup de talon !

Les sanglots se turent, et le sapeur à la tête de tigre se pencha :

— Quel âge ?

— Dix-sept ans.

— La salope! un soldat de l'âge le plus tendre. Et qu'est-ce qu'*elle* t'a dit?

Enfantine, la voix chuchota :

— Je rêvais... je rêvais qu'après la bataille de Leipsick, l'Empereur me donnait un congé pour aller voir ma mère, dans la Haute-Vienne...

Les hommes se mirent à rire :

— Faut pas le maltraiter, dit quelqu'un, c'est un scribe de *Bulletin*.

— Lève-toi, mademoiselle, fit Boudaille.

L'enfant se leva. Un brin de lune sortit alors des nues, et dans les rais de pluie on aperçut des mèches d'or, une joue de fille, deux petits yeux bleus sous un grand casque.

— C'est pitié! T'auras mal vu, dit Boudaille.

— No...on... pleura l'enfant, *elle* m'a dit de la suivre...

Un autre s'avança. Il était blessé à la tête, n'avait qu'un œil, plus d'oreilles.

— Faut-i qu'on s'oye battu comme un chien pendant vingt ans. N'en v'là une récompense!

Et un autre :

— *Elle* m'a dit que ça serait mon tour à la première heure.

Un autre encore, un brigadier :

— J'en suis, — et v'là mon lieutenant, là-bas, qu'*elle* a marqué du même coup.

Les têtes se tournèrent. Au loin, de long en large, glissait une ombre. Un peu fière, elle marchait seule, et, courbée, semblait réfléchir...

Jusqu'au matin, ces hommes se promenèrent.

Ils étaient cinquante.

**
* **

Au milieu de la nuit, l'Empereur qui traversait la plaine les aperçut.

— Pourquoi ces hommes ne dorment-ils pas?

Le maréchal Berthier s'approcha, et lui dit quelques paroles basses, de manteau à manteau.

— J'ignorais cela... répondit l'Empereur.

— Oui, dit le maréchal. Est-ce une légende, ou bien ces hommes sont-ils réellement avertis? A la veille de chaque bataille, si l'on questionnait les troupes, elles nous prédiraient d'avance bien des mouvements d'effectif...

L'Empereur ne dit plus un mot, et la tombe de son âme se referma.

*
* *

Le lendemain matin, à l'aurore, on entendit le canon.

Le combat de l'avant-veille avait décimé les forces françaises. L'Empereur ne put mettre en ligne que 160.000 hommes, et on lui en opposa 300.000. Du nord au sud de la plaine, la bataille s'était levée furieuse ! Et derrière les énormes roues de fumée qu'au triple galop le vent lançait dans les fusillades, on apercevait rangés ces héros des vieilles bandes, soldats de la Corogne, d'Essling. de Wagram, de la Moskowa, rassasiés de luttes, et qui, le sabre en main, attendaient l'heure de charger. C'étaient les dragons d'Espagne.

Un de leurs colonels, Thuillier, du 22ᵉ de l'arme, espèce de statue casquée, leur parlait en ce moment :

— Dragons, qu'on pare tout, on va y aller ! Les chevaux fatigués, passez en serre-file aux compagnies. Et ne jetez pas l'avoine pour rejoindre, il y en aura pour tout le monde !

Les régiments étaient en ligne déployée. Rien ne bougea. Il y eut une pause, comme à l'approche d'un mystère... Les soldats, pâles, s'enlevèrent dans leurs étriers, sur la pointe des bottes, pour s'affermir. Même il sembla, tant le silence fut grand, que l'âme d'ombre des gros chevaux battait plus sourdement les poitrails, — et funèbre, enlevant son casque par un paquet de crins, le colonel fit reculer sa bête.

— *Les morts*, dit-il, *sortez des rangs.*

Les escadrons frémirent comme malgré eux... et cinquante hommes s'avancèrent. C'étaient les rôdeurs.

— Ici, en tête, ordonna le colonel; vous êtes assez « nombreux » pour former un premier rang.

Tranquilles, les hommes se placèrent « en matelas » devant leurs camarades. Depuis des années on savait ça. Le sapeur au front de brute ne disait rien; il avait seulement dégrafé son habit, pour être plus tôt prêt. Maclard et Simonet riaient ensemble, et le petit, la « demoiselle », pleurait toujours...

A ce moment la bataille était devenue terrible, et sur un espace de trois lieues carrées retentissaient les canons. C'est alors que pour enfoncer dix régiments russes qui hésitaient, le colonel commanda :

Pour charger...

— Au trot !

Et voici l'ordre magnifique dans lequel tout cela s'élança :

En avant, *les cadavres...*

Derrière eux, à dix pas, le colonel.

Et vingt-cinq mètres plus loin, les mille dragons sur deux rangs, formidables.

— Au galop !

Alors, à ce commandement les « morts » bondirent... Une *main* troubla les rangs, et la gloire fut aux meilleurs chevaux !

A cinquante mètres de l'ennemi, disloqués des quatre pattes comme des chimères, une culbute ivre les emballa dans les flammes. Tout se confondit : bêtes, grenadiers, dragons, les coups de feu dans les coups de sabre, et seul, un trompette ayant sonné, fendues en double

orage, à droite et à gauche, les compagnies s'en
revinrent.

Ils étaient à peine ralliés qu'immédiatement
cinq régiments accoururent pour les remplacer,
d'abord au trot, puis au galop, — et on vit dans la
plaine cette épouvante :

Vingt dragons restés sur le champ de bataille,
les uns à pied, les autres à cheval, rangés en
ligne, l'œil sur les Russes, muets...

La fumée du combat, rampante, les enveloppait
de rêve, et ces hommes n'étaient plus des vivants,
mais des visions. Pendant la lutte, leurs poitrines
s'étaient ouvertes sous le plomb, et trente d'entre
eux crevaient par terre. Ceux qui restaient debout,
stupéfaits, saoulés par ce prodige d'exister encore
malgré l'avertissement de leur nuit, regardaient les
Russes masser une dernière fois leurs bataillons
et semblaient dire : « Nous sommes là, ne nous
faites pas attendre... » L'idée de quitter la place
n'était venue dans la bonne tête d'aucun, et depuis la veille, se croyant *morts,* ces braves attendaient, consolés déjà, simples, sans peur, face au
feu...

La deuxième charge arrivait, affolée, en foudre !

On leur cria : « Garez-vous! » Ils tournèrent à peine les yeux, et touchés aux reins par les bêtes, les uns moururent sous les sabots, les autres se relevèrent sanglants.

Le combat qui suivit cette charge dura dix minutes. Après quoi la masse des dragons s'en retourna, mais onze hommes restèrent.

Les Autrichiens et les Russes reculaient. Du côté de la France deux régiments s'ébranlèrent. C'était la troisième charge.

Encore une clameur : « Holà! ho!... gare à vous! » Mais raflés, poussés, comme enlevés par des bras, les lignes de dragons s'écrasèrent dans les onze hommes, sautèrent sur leurs casques, et vertigineux, enfoncèrent la mêlée rouge!

Quand on les ramena, il restait cinq spectres, plantés de place en place, enfourchés sur leurs bêtes mortes, qui narguaient l'ennemi...

Une quatrième fois, pour décider la victoire, deux autres régiments s'envolèrent! Le même cri : « Prenez garde! » fut lancé aux cinq hommes. La lutte continua, dans un grand vide, et à l'appel des trompettes il resta sur le champ de bataille un homme, un seul homme, un *seul!*

C'était Boudaille, le sapeur du 22ᵉ. Sa tête de tigre, au nez broyé, épouvantait sans doute les Russes, car on ne tirait plus sur lui. Ses prunelles, ses narines, ses coins de lèvres giclaient à la fois, toutes rouges, telles six blessures, et campé comme un ivrogne, le torse en bombe, fatiguée, à son poing droit pendait la hache.

Il entendait hurler de tous côtés : « Boudaille ! Boudaille ! Viens !... On sonne la retraite. » Et aussi des chefs : « Boudaille ! arrivez, vous êtes fou ! » — Alors dans sa tête fauve un semblant d'idée passa... Il tourna les yeux vers les camarades morts et dit en colère : « Paraîtrait donc que j'suis vivant ; eh ben, quoi ! Ça serait-i que la *vieille* s'aurait foutu d'Boudaille...

Mais...

Mais à l'instant même, exhalée d'on ne sait d'où, comme une odeur de nuit, comme un souffle de peste, fugace, la tête ombrée de soir et le bout des pieds dans le sang, l'Ombre-fantôme s'arrêta devant lui... C'était la Promeneuse des combats, celle qui vient en hâte et nous interrompt... Il la reconnut, et se tint ferme. *Elle* avait une robe de fumée, l'index en travers du visage, et elle regarda le sapeur, effrayante, en faisant un signe...

Il fit :

— Ah !

Et voulut rire...

Mais il était dit que Boudaille, dernier des cinquante, y passerait.

Une balle perdue le coucha.

Au Capitaine Fontaine de Bonnerive.
(*Georges de Lys.*)
89e *de Ligne.*

UN RÉGIMENT

UN RÉGIMENT

Au moment où l'Armée avait franchi le ravin
de Commantray, l'infanterie à la gauche, en
colonnes de bataillon ; la cavalerie à la droite, un
échelon en ligne, et l'autre en colonnes de régiment, les douze cents cosaques de Seslavine
envoyés la veille pour battre l'estrade sur Pleurs
accoururent avec des flèches, au triple train de
leurs juments de l'Oural, horribles, tellement lancés qu'ils en avaient le cul hors de selle, et tombèrent sur notre flanc !

Ce fut le coup de la fin. L'épouvante de la mort empoigna la tête de l'armée, boucla sa voix d'un caveçon de folie ; et jetant leurs sacs, abandonnant les équipages, les drapeaux, les canons, deux mille soldats s'enfuirent. Une minute, en plaine, se déroulèrent les galops. Par delà la Fère-Champenoise, ce fut un grondement, le sauve-qui-peut d'un écho, puis la solitude, l'ennemi se reformant ailleurs, et enfin le silence, le vague souvenir d'une honte, — l'horizon nu...

*
* *

Ils coururent ainsi pendant une heure. Les cuirassiers, les dragons, les houzards emportés par les chevaux furieux avaient depuis longtemps disparu, mais les hommes d'infanterie harassés, par la retraite, s'étaient laissés choir dans le creux d'un vallon, à trois kilomètres de Sézanne. La nuit allait venir.

Ceux qui avaient encore leurs fusils les avaient posés dans l'herbe sur un pan de leur habit. Sérieux, les coudes aux genoux, un doigt glissé dans leur barbe, ils regardaient le soir envahir les plateaux, gagner les bois, descendre les pentes, et comme surgi des collines l'impérial soleil déchirer sa pourpre, s'en aller au plein large, fondre, s'é- vanouir désormais vaincu, abandonner lentement la terre... Un commandant, haché de blessures, accroupi non loin d'eux, fourbissait son sabre et pleurait.

Il était vieux, et laissait lire sur ses mâchoires, sur son cou et son front, tannés en pleine peau, de lointains états de services. Affreux, sanglant de la tête aux pieds, cet homme apparaissait sous ses pleurs aussi terrible qu'entouré de canons. et comme Job à l'agonie interpellant et glorifiant sa hideur, superbe, il semblait si orgueilleux de ses blessures que les lions des martyrs eux-mêmes eussent rentré leurs ongles et reculé devant lui...

A quoi songeait-il? C'est ce qu'un vieillard qui passait lui demanda.

— A bien mourir, dit le commandant.

Il regarda l'inconnu sans se lever. C'était le curé de Sézanne qui venait de porter le viatique. Et le prêtre était debout, et souriait.

— Mourir?

Le commandant leva la main, et son geste enveloppa les hommes qui reposaient dans la plaine. Le curé comprit.

Les soldats s'étaient couchés près de leurs armes. Aucun ne bougeait, et jusqu'aux limites du soir on apercevait à fleur d'herbe leur vague troupe étalée. Comme des bêtes, s'offrant à l'air frais venu des bois, ils séchaient leur peau suante en regardant les étoiles, et débraillés, déchirés par les balles et les coups de sabre, tristement ils essayaient de s'endormir.

— La mort... répéta le vieux prêtre, mais je ne vois là que des enfants.

— Bah! dit l'officier, j'avais vingt-trois ans à Jemmapes, et j'ai reçu dix balles dans les côtes. Ce matin même, je me suis fait peler par les Russes.

Il réfléchit.

— On ne meurt pas avant son tour.

— Oui, dit le prêtre.

Et sa voix tremblante reprit :

— Un paysan vient de m'affirmer que des masses d'ennemis sont aux environs. Un corps de cavalerie doit même passer en cet endroit.

Le commandant leva son sabre, mais ce n'était qu'une habitude, et il sourit.

— Qu'ils passent ! Mes hommes depuis trois jours ont quarante lieues dans le ventre, ils se battraient *couchés...*

Comme il regardait la plaine où ses troupes sommeillaient, quelque chose de divin, une sorte de lumière traversa le visage du prêtre, qui dit lentement :

— Je reste avec vous.

Le commandant haussa les épaules, mais l'idée qui lui vint le garda muet un instant, et il finit par dire au curé :

— *Monsieur*, vous avez peut être raison, c'est de la Bretagne que j'ai là, des conscrits à chapelets. des p'tits gas solides, mais qui ne savent « de rien ». Vous pouvez me les réveiller.

Il se dressa tout à fait, fit craquer ses os, et ordonna le ralliement aux tambours.

A cet appel insolite, un frisson houla par les champs ; et à gauche, à droite, sur tous les points à la fois, des silhouettes se levèrent. Il y avait des soldats de tous les corps, de tous les régiments. de tous les âges, — grenadiers de l'élite, fusiliers, voltigeurs, nouvelles recrues.

10.

Le commandant les assembla sur un terrain mamelonné, ayant pour état-major le prêtre en cheveux blancs qui portait **Dieu** dans ses mains, — puis il les forma en bataille, les huit compagnies du 1ᵉʳ bataillon placées à la droite, les huit du second placées à la gauche, et il compta lui-même les huit toises d'intervalle entre les deux bataillons. Il tria le groupe des officiers, les investit de commandements ainsi que les sous-officiers et caporaux, — les capitaines à la droite de leur compagnie ou peloton, les lieutenants en serre-file à deux pas derrière le centre des secondes sections, et les sous-lieutenants à deux pas derrière le centre des premières sections. Ensuite il plaça les tambours sur deux rangs, à quinze pas derrière le cinquième peloton de leur bataillon, le caporal-tambour à la tête de ceux du deuxième, — et se retourna...

Mais à peine s'était-il retourné qu'il aperçut le prêtre à genoux. Le vieillard bénissait l'**Aigle**, et voyant cela, un grand silence avait saisi les hommes.

La « garde » fut bientôt composée. Il restait des caporaux ; le commandant, vite, en prit huit, et appelant le plus vieux des sergents-majors il lui confia le drapeau. Le curé se leva.

— Où dois-je me placer?

Comme cette question embarrassait le commandant :

— Avez-vous des chariots?

— Oui, des fourgons.

— Faites-en venir un, je monterai dessus ; il faut que je voie mes enfants.

— *Vous êtes mort,* dit brusquement l'officier.

A ce moment, une rumeur lointaine glissa dans l'air...

Le prêtre n'écoutait plus. Un homme alla chercher un caisson, et prenant l'âne par la bride le mena au milieu des troupes. Le vieillard monta. Devant lui et derrière lui remuaient des masses d'hommes...

— Je crois que c'est « sonné », dit le commandant.

Il sauta à cheval, courut à l'intervalle des bataillons, put voir l'ennemi qui s'approchait. Alors dardant son sabre :

— *Garde à vous !*

Le régiment s'immobilisa. L'ennemi, au loin, poussait sa ligne. La formation en bataille des Français étant parallèle à celle des Russes, le commandant qui voulait commencer l'attaque enleva soudain ses hommes :

Echelons par demi-bataillon à vingt pas !

Les officiers répétèrent, et la même voix rugit :

En avant par la droite, formez les échelons !

Un capitaine continua :

Compagnies en avant,

Marche !

Quatre compagnies partirent. Tous ces hommes connaissaient la blague ; on devait mourir ce soir-là.

Contrairement à la théorie, on avait placé le drapeau en tête, et l'échelon s'en allait droit aux Russes, dominé par l'Aigle furieuse qu'il emportait avec lui ! Quand il eut fait ses vingt pas, le deuxième se mit en marche, vingt pas après le troisième, puis le quatrième. Seize compagnies se trouvèrent ainsi en route, alignées à la corde, et le commandant bien en selle épilait sa dure moustache, quand tout à coup, lancée de Là-Haut,

précipitée comme le tonnerre des cieux, une *Voix*
surgit, plana, s'éploya en nuage et fondit sur les
deux mille hommes! Elle entrait dans les rangs,
véhémente, fière et funèbre, empoignait les
hommes, leur frappait le cœur, s'arrêtait court,
s'élançait encore, et de nouveau ailée, entre-
mêlant sa Parole au choc des armes, dégorgeait
par le travers des troupes sa mitraille de prophé-
ties! C'était le vieillard qui, de sa voiture conduite
par un tambour, dominant de toute la taille le
champ de blé des baïonnettes, proclamait déjà le
combat:

**Malheur à ceux de France qui descendent en
France pour avoir du secours, qui s'appuient
sur les chevaux et mettent leur confiance
dans leur chars quand ils sont en grand
nombre, dans leurs gens de cheval quand ils
sont puissants, et qui n'ont pas regardé la
France, et qui n'ont pas recherché l'Empereur!**

Toutes les têtes se tournèrent. On vit le prêtre
qui de ses mains levées tendait la Sainte-Eucha-
ristie. Les Russes n'étaient qu'à cinq cents mètres.

Le commandant fit arrêter le premier échelon :

Garde à vous pour charger vos armes,

CHARGEZ VOS ARMES !

Et le prêtre clama encore :

Il est arrivé à la France que les plus belles vallées ont été remplies de chariots, et les cavaliers se sont tous rangés en bataille contre sa porte ; mais ces multitudes seront comme la poudre menue, les hommes seront comme la balle qui passe...

Feu de peloton,

COMMENCEZ LE FEU !

A ce commandement, les officiers se portèrent contre leurs pelotons, et les sous-officiers de remplacement reculèrent vis-à-vis de leurs créneaux :

Peloton,

ARMES !

Joue...

FEU !

La décharge française croisa les bombes russes.

Oblique à droite!

Le deuxième échelon qui arrivait s'aligna dans le tumulte sur la gauche du premier, et on entendit le vieillard qui hurlait, droit comme un fantôme sur son caisson :

Ainsi m'a dit l'Eternel : Comme le lionceau rugit sur sa proie, et quoiqu'on appelle contre la France un grand nombre de guerriers, il n'a pas eu peur et fera crouler ses cieux !

Les ennemis se déployaient.
Peloton,
ARMES !
Joue...
FEU !
Chargez !
Il en venait, il en venait encore et encore, de tous les côtés à la fois, en masse, au pas, au galop, — et de lourds sabres clairs viraient aux poings des officiers.
FEU DE DEUX RANGS !
Peloton,
ARMES !
Commencez le feu !

Il commença par la file de droite des pelotons ; les files suivantes ne mettaient en joue que lorsque les files qui venaient de tirer amorçaient, et ainsi de suite jusqu'à la gauche. Les grenadiers manœuvraient comme en leurs dépôts, froids et tranquilles, éclaboussés par les voisins qui tombaient. La progression de ces tirs avait allumé la ligne. Flammes et clameurs ! Dans les grandes fumées les hommes apparaissaient vêtus à l'anglaise par la bataille, rouges des talons au front, et, tirant et chargeant, ils écoutaient gronder le prêtre.

Soldats, une vision terrible m'a été révélée...

Peloton,
ARMES !
Continuez le feu !
Le curé s'avança. Debout sur la voiture, effrayant d'ardeur, il dressait ses bras dans les balles.

Le perfide est perfide, mais l'Eternel combat pour vous ! Les multitudes qui s'élèvent devant vos rangs comme le tourbillon du nord disparaîtront ainsi qu'un songe de nuit. Hélamites,

Mèdes, soldats, délivrez la France, car partout ou passera la verge divine, on entendra les tambours!

A ce moment, les officiers firent recommencer le feu du premier échelon.

Demi-bataillon de droite,

ARMES!

Joue...

FEU!

— Plus vite, sacrés tonnerres! — Chargez!...

Les balles russes traversaient le régiment comme des serpes, lui tranchaient à la tête, aux flancs, de pleines grappes de grenadiers. On s'avançait par bonds de vingt mètres, et déjà le troisième échelon s'alignait sur le prolongement du deuxième, lorsque tout à coup, surgie des bois environnants, une masse vertigineuse de cavaliers galopa contre les Français. Le prêtre les aperçut le premier.

Seigneur! Seigneur! J'entends éclater le puits de l'abîme, et des nuées d'hommes nouveaux sortir de son ombre...

Feu à volonté!

11

Le quatrième échelon, au pas de course, compléta la ligne, et tous ensemble, les fusils firent feu !

... Ils ont des juments de combat ; leurs chevelures sont des chevelures de femmes, et leurs dents comme des dents de tigres !

Une clameur troua le régiment :
— Voilà les Cosaques !
Lancés à toute course, il en venait, il en venait encore et toujours, et les hourrahs de leurs gosiers chargeaient le vent !

Seigneur ! Seigneur ! J'en vois d'autres qui ont des cuirasses de fer, et le bruit de leurs ailes est comme un bruit de chars à plusieurs bœufs qui s'empressent au combat !

Des ordres solides qui mataient le tumulte s'envolaient des rangs :
— Feu ! feu !... criaient les capitaines.
La voix du prêtre et celles des chefs s'entremêlaient confuses aux claques du brasier, aux sifflets des balles ! Mille shakos dressés demeuraient encore droits, et sous les psaumes, à travers les

flammes que le vent fripait, tordait, souffletait
comme de rouges drapeaux, marchait en parade,
s'avançait de plus en plus fier le régiment taciturne...

Les hommes ne parlaient pas, ne criaient pas,
ne pensaient pas, chassaient en arrière à coups de
jarrets les camarades blessés, tiraient comme au
champ de cible, et entre deux coups gagnaient un
pied de terrain, de quoi élargir leur tombe. Lorsque les Cosaques furent en vue, le commandant se
haussa, mesura le pré où crevait sa troupe, et froid,
aussi calme en selle que sur l'escabeau d'une auberge, ordonna « la charge précipitée », puis la
« charge à volonté ». Il pouvait sans imprévoyance
commander cet incendie ; les hommes n'ayant
plus d'espoir étaient en train de vendre leur
peau.

Ils la vendaient cher, car à la première décharge
trois pelotons des sauvages de Karpow — *Pachli!*
Pachli! — qui arrivaient en fourrageurs s'éta-
lèrent à cinquante pas des fusils, morts sur leurs
chevaux morts, dans le charnier des morts. Au
sommet de sa voiture, le prêtre se cala comme un
dogue :

Seigneur! voilà une épouvante passée, en voilà deux autres qui viennent...

C'étaient les dragons, les houzards de Wassilit-chikoff, deux mille hommes. Horrifié, le prêtre encore enfla son cri :

Sang ! Sang ! Ils ont des manteaux couleur de feu, d'hyacinthe et de soufre ; les têtes de leurs juments sont comme des têtes de lions, et il sort de leurs bouches de la fumée, du tonnerre !

Feu de rang par compagnie !

Le commandant fit un signe au prêtre ; il semblait lui dire : « Homme de peu de foi... » Et sous cet œil pesant l'espoir de la bataille ressaisit le vieillard qui clama encore :

Enfants ! Vos ennemis seront éperdus ; les détresses, les douleurs les saisiront ; chacun regardera son prochain, et leurs visages seront enflammés !

— Plus vite ! plus vite ! criaient les officiers, augmentez, augmentez le feu !

Il fallait se mettre en garde contre la cavalerie, car la retraite en échiquier n'était plus possible; les commandants de compagnie levèrent leurs sabres.

— *Ralliement* !

Les hommes accoururent en masse devant leurs capitaines, et d'instinct reprirent l'ancienne formation.

Compagnie,

ARMES !

Les trois rangs apprêtèrent leurs armes et croisèrent la baïonnette. Les hommes du troisième se fendirent de la partie gauche et portèrent le corps en avant. Leurs armes dépassaient le premier rang.

Troisième rang,

Joue...

FEU !

Et d'autres voix, successives :

Deuxième rang,

Joue...

FEU !

Le prêtre fit porter sa voiture au-devant des lances, dans le désordre.

Mon cœur est agité çà et là. Je frémis de désespoir et d'enthousiasme, et on m'a rendu cher le caveau de ma mort...

Troisième rang,
Joue...
FEU !

Voici ! Voici ! Il n'y a que joie et qu'allégresse. On tue ! On égorge ! On taille de la chair, on boit dans des coupes de sang, et on dit : Mangeons et buvons car nous mourrons demain !

Tout à coup les tambours, les tambours, les tambours battirent !
Régiment en avant,
PAS DE CHARGE,
Marche !
La ligne s'ébranla. Les trois rangs s'avancèrent, précipités, farouches, comme trois murailles en marche. Les serre-file, sans ordre, appuyèrent sur le troisième rang pour en former un quatrième, — force et profondeur, — et tout cela entra dans les chevaux et les hommes, escorté du vieillard dont

la voix dominatrice, toujours agressive, s'élançait magnifiquement au large vers l'armée alliée :

L'envahisseur est un fourneau de chaux, et il sera brûlé au vif comme une épine coupée! Ennemis de la France, la fosse, le piège et la terreur sont sur vous!

Désolation ! Aux houzards, aux Cosaques, aux dragons s'étaient joints les cavaliers de Korff. Tous les chemins en vomissaient. Sur la lisière du bois, chaque feuille abritait une lance et chaque tronc d'arbre un cheval.

Le commandant s'essuya le front :

— Nous sommes foutus, dit-il au prêtre.

Alors le vieillard fit les Trois Signes : Au nom du Père et du Fils, au nom de la Parole sainte... Sa grande figure se courba, et le voile de la divinité la recouvrit. Sur le drap de la soutane elle s'érigeait comme l'Hostie destinée par Dieu à la communion de ces deux mille hommes. Cette tête, c'était l'holocauste; on la vit chanceler, puis resurgir. Elle eut le courage de crier, de crier encore, mais ce qu'elle disait aux soldats, ce qu'elle clama d'éternel et de formidable s'évanouit par les chemins désolés :

Mon Dieu! mon Dieu! L'allégresse a fui du champ fertile; les bondes d'en haut sont ouvertes, et la terre tremble...

Carnage! Mêlée d'où s'envolaient des cliquetis, des appels, des sobriquets de bataille! Une cavalerie informe se culbutant elle-même, rageuse, hérissée de lattes, les serrait de près : Hardi! A toi! Tiens! Les soldats embrochaient le cheval, et l'homme démonté mourait éventré. Toute la masse des ennemis se soulevant en vague charogne s'écrasa sur ce qui restait de la France, comme un charroi. D'énormes hommes aux chevelures fumantes, aux yeux gris comme repoussés au fond de la tête, se faisaient remarquer dans le premier rang par leur mépris des blessures; on eût dit des morts qui luttaient. Affreux, déshabillés par les sabres courbes, rhabillés par leur propre sang, ils riaient encore, et trouvaient des farces de garnison à chaque saut de cosaque! Stigmatisés par le métier, ils portaient la marque de l'époque, ce sillon de bonté qui leur fendait la frimousse en deux, le regard droit comme le chemin d'un boulet, et ces incultes moustaches gauloises où nichait le cri de : Vive l'Empereur !

A ce moment surtout leurs véritables âmes se déployaient. Un grenadier déjà vieux, les vêtements couverts d'une poix rouge et pourrie, s'é-boula du premier rang, saisit un camarade, et montrant son sac : Voilà ce qui me reste de cartouches, pars et cribles en le cul de l'ennemi ! — Un tambour frappait à coups de poings le chirurgien, et furieux, blème, dressé sur son unique jambe, gueulait dans le guêpier des balles : Fous le camp, plic tes outils, j'suis mort, va sauver les *autres*! — Des dix, trente, cinquante hommes tombaient à chaque décharge. Une fringale de mort avait saisi le régiment.

Tout à coup la plaine ronfla; d'autres cavaliers approchaient...

Alors le commandant s'enleva de selle, la face en loques, les yeux ardents comme deux torches, et ordonna d'une voix rouge les dispositions

11.

« contre la cavalerie. » Il aurait dû le faire plus tôt.

Formez le carré !

A ce moment les cinq cents hommes qui demeuraient fermes et que la masse des chevaux de Korff tentait d'envahir et de massacrer se ployèrent en colonnes par division, à distance de section, sur la division du centre, la droite en tête. Comme on n'avait pas de canon, les angles du carré se trouvèrent dégarnis de leurs ferrures d'avant-train, et presque tous les grenadiers étant morts, le commandant remplaça ces braves par des hommes qu'il tira du dernier rang des sections intérieures du carré. Au milieu d'eux, le prêtre s'était avancé, tête au drapeau, sur sa voiture, et devant ces soldats *couchés*, son chant se fit plus *bas* :

Mon Dieu ! Le soleil devient noir, et la lune devient comme du sang. Le bruit de ceux qui se réjouissaient est fini, et la joie des tambours a cessé...

— Le feu au drapeau ! dit le commandant.

Cet officier, depuis une minute, essayait d'assou-
plir son crâne à l'idée que seul responsable, supérieur en grade, ayant conduit lui-même les troupes, c'était lui seul qui *tuait* ces deux mille
hommes. Ce bolide avait troué son esprit, et quoique toujours à cheval, il était certainement
« déjà » mort... De ses yeux dilatés, ronds d'horreur, inattentif aux houles russes, il regardait la
bataille éparpiller ses soldats. Par les sept portes
de l'enfer défoncées, d'autres torrents d'hommes
avaient surgi, et d'immenses vagues de sabres
allongeaient au loin l'horizon : les houzards de Pahlen, les hauts cuirassiers de Dépreradowitsch,
quelques pelotons de la Garde prussienne, — et il
regardait tout cela, sans le voir...

Sur son piédestal de morts, en selle comme le
génie des combats et plus haut que le vieux curé,
il dominait les hommes du poitrail de sa monture,
de son corps insensible, de sa grande tête sanglante. La force de sa tristesse le tenait debout.

— *Pachli! Pachli kohl!* hurlaient des voix cosaques, lointaines.

Des ennemis, par delà les rangs, venaient bu-
ter contre son sabre, et à chacune de ces trouées,

des voix plus proches répétaient le cri d'en avant :

— Pachli! Kohl! Pachli! Kohl!...

Mais pitoyable et de plus en plus abattu, tremblant sur son caisson comme le bouleau des collines, le prêtre seul répondait :

La Ville de la confusion est ruine; toute maison est fermée, tellement que nul n'y entre, et la joie est tournée en obscurité...

— Est-ce fait? cria le commandant.

Une flamme monta au milieu des hommes. On brûlait le drapeau.

Alors le combat reprit une autre vigueur. Dans l'orage qui éclatait sur leurs têtes, les soldats se dégluaient du feu et des fumées, par sections entières, mais au bout d'un instant la multitude les culbutait, les décortiquait, et hachés, débraillés, déchiquetés, ils tombaient à terre comme le bran s'envole d'entre les talons du scieur. Derrière eux geignaient les infirmes. A plat ventre, solides sur leurs coudes ou leurs poings, ils chargeaient l'ennemi d'injures, et pleins de baves, s'égosillant à force de haine, allaient couper les jarrets des chevaux, rampaient dans le soufre, délicotés de leurs fusils, comme si leurs tripes trop lourdes écrasaient leurs jambes. A cette heure suprême où le régiment se voyait mourir, aucun homme n'était inutile, et le long des bêtes cosaques on voyait par instants se dresser des moignons pourpres, d'affreuses mâchoires plonger dans des flancs d'hommes, et les bras se lever, s'abattre, se relever, retomber, s'élancer encore ! Une joie de meurtre avait succédé à l'enthousiasme de la bataille, et là-bas, lancés à pleines brides contre eux, d'autres, d'autres ennemis accouraient, deux escadrons des cuirassiers autrichiens de Nostitz, et les chevaliers-gardes avec le grand-duc Constantin. Les chaluts du soir s'entr'ouvrant toujours, ces hordes furieuses dégrinlaient dans la plaine en trombes ! Le commandant redevenu tranquille comme un pan de bois depuis la *fin* du drapeau regardait cette boucherie, et tout suant du sang de ses hommes, attendait la prochaine balle, quand, près de lui, mélancolique et lamentable, un murmure, quelque chose comme la plainte, comme le chuchotement d'un psaume, s'éleva du champ des morts :

Les chemins sont réduits en désolation ; les passants ne passeront plus par les sentiers ; l'Eternel a rompu l'alliance, il ne fait aucun cas des hommes...

Car le prêtre, à présent, devinait l'issue du combat. Sa prière guerrière avait été l'espérance, puis l'exhortation au courage, et enfin le terrible sanglot du gouffre, le cri désespéré de ceux qui sont vaincus et en appellent à Dieu ! Il n'avait aucune blessure, miracle ! Et allongé dans sa soutane, les bras ouverts sur le groupe toujours debout qui de plus en plus fondait aux flammes, il continuait à se lamenter près du farouche commandant :

... Les étoiles du ciel tombent sur la terre...

Peu à peu les fusils se turent. Une masse d'hommes n'avait plus de cartouches.

— *Pachli ! Pachli !* s'égorgeaient les Cosaques.

Il restait cent hommes environ. Le carré n'était plus un carré. Il occupait dans la plaine l'espace d'un petit mouchoir rouge. Le commandant sembla se réveiller.

— Quelqu'un d'entre vous, cria-t-il d'une voix forte, quelqu'un d'entre vous a-t-il son père ? A-t-il sa mère ou des sœurs ?

Rien ne répondit au commandant que la huée des balles. Il cria de nouveau :

— Camarades, quelqu'un a-t-il sa famille ? Que celui qui soutient une mère quitte les rangs.

Les soldats ne bougèrent pas. Sans avoir l'air de comprendre, ils tournaient le dos à leur officier, tiraient, rechargeaient, enlevaient leurs bras, bourraient dans les fumées. Un instinct d'héroïsme scellait leurs lèvres. Alors le commandant se baissa, poigna les buffleteries d'un homme, et l'amenant au milieu du carré :

— Ton nom ?

— Roëmer.

— Pays ?

— De la Lorraine.

— As-tu ta mère ?

— Oui, mon commandant.

— Quel âge?

Le soldat comprit :

— La fois-là inutile, l'est p't'être bien morte en ce moment ; ça n'est qu'une vieille.

— Tu voudrais la revoir...

L'homme ne répondit pas. Une balle enleva le shako du commandant.

— Tu voudrais la revoir?

Autre silence.

— Roëmer, tu vas revoir ta mère : ta mère n'est pas morte !

Le soldat recula.

— Je veux me battre.

L'officier tira un de ses pistolets et le posa contre le front du soldat.

— Quitte ce fusil.

— Roëmer le laissa tomber. Le commandant descendit de sa monture.

— Monte à cheval.

Roëmer monta en pleurant. Il promenait ses regards de la gauche à la droite du champ de bataille, et regardait ceux qui étaient morts, qu'il avait vus vivants, et ceux qui étaient vivants, qui

seraient bientôt morts. Le commandant prit une
courroie, l'attacha par les flancs et les cuisses à
l'encolure et à la selle du cheval. Puis il prit
l'**Aigle**, et la tendit à Roëmer :

— Ecoute, et répète-moi ce que je vais dire.
Tu vas aller trouver l'Empereur, par ce chemin-là,
au milieu des Russes ; il y a du danger.

— Je vais aller trouver l'*Empereur*, dit Roëmer.
Il leva le bras.

— ... Par ce chemin-là, au milieu des Russes.

— Tu demanderas à lui parler, et tu lui diras :
Sire...

— Je demanderai à lui parler, récita Roëmer, et
je lui dirai : Sire...

— Voici, dit le tremblant commandant, voici
l'Aigle de deux mille soldats français que vingt
mille ennemis ont attaqués.

— Voici, dit Roëmer, voici l'Aigle de deux
mille soldats français que vingt mille ennemis ont
attaqués.

—Tu diras encore : Vive la France ! et tu demanderas à l'Empereur un congé pour aller voir ta mère.

— Je dirai encore : Vive la France ! répéta Roëmer, et je demanderai à l'Empereur...

Il se tut et voulut partir ; le vieux curé monta
sur les morts et l'embrassa. On mit l'*Aigle* dans un
sac, et on pendit le sac au pommeau de la selle.
Alors un coup d'éperon enleva la bête affolée sous
l'homme en larmes, et comme une trombe, tous
deux s'enfoncèrent en avant. Ce fut une vision
dans le feu !

— Vos armes ! criaient les officiers russes.

Une charge d'Autrichiens culbuta vingt Français, une décharge en abattit trente. Le prêtre
lança vers eux sa voix lugubre :

**Les braves tombent sur la terre comme le fi-
guier agité par un grand vent jette çà et là ses
figues vertes...**

Un orage de balles s'écrasa autour du curé. Dix
hommes s'affalèrent, la gueule en avant.

Les quarante soldats qui restaient n'ayant plus
de munitions croisèrent la baïonnette. Un feu de
compagnie en jeta quinze par terre ; les autres,
baissés, prirent leurs gibernes.

Des chevaux revenaient contre eux, neuf grenadiers tombèrent sous les sabres.

L'armée de l'Eternel s'est fondue...

gémit le prêtre.

Il baissa le front, et à côté de lui un groupe d'hommes s'écroula. Ils se battaient sans voir ; dix furent épargnés.

— Vos armes ! Vos armes ! hurlait de tous côtés la nuit.

Le vieillard et l'officier se regardèrent. Le prêtre même, malgré sa bonté, haussa les épaules... Des masses de rêve, artillerie et cavalerie, s'agitaient en cercle autour des neuf combattants. Elles ne voulaient pas faire feu, et confusément immobiles, pétrifiées d'admiration, vêtues de ténèbres, elles exhalaient le silence... Une compagnie de grenadiers russes tirait seule sur les Français, au visé, sans hâte, et six mille voix violentes qui s'échevelaient hors de l'ombre clamaient au raide commandant :

— Vos armes ! Vos armes ! Vos armes !

Dos à dos, leurs fusils à la hanche, les dix hommes attendaient le *fin*, dix hommes, dont sept vieux, trois conscrits. Alors quelques balles s'enfoncèrent dans le tas ; trois anciens tombè-

rent, et le prêtre effrayant sous sa robe rougé dit
encore :

Seigneur, quelle épouvante! Les cieux ont reculé, ils se sont mis en rouleau comme un livre.

Un coup de feu ; il tomba.

Le commandant, blême, tendit ses mains désar-
mées :

— A mon tour !

Une balle le coucha. Des deux mille hommes, il
en restait sept.

Bientôt ils demeurèrent six,.. cinq.

Une autre balle en laissa quatre,

ensuite trois,

puis deux.

L'un cria : Vive l'Emp...

Il resta l'autre,

... et....

*\
* *

Inquiet, désabusé, le front dans une main et tapotant ses bottes de petits coups d'épée, Napoléon songeait sous la tente, près de Claye, lorsqu'on vint l'avertir qu'un homme demandait à lui parler.

— Faites-le venir.

L'homme se présenta, boueux, rouge. On l'avait délié de sa selle et on le soutenait en le poussant; c'était Roëmer.

— Que me veux-tu? fit Napoléon.

L'homme ne répondit pas. Debout, il tendait un paquet et regardait le fond des yeux de l'Empereur, planté dans ses grandes guêtres, immobile.

— Que me veux-tu? répéta Napoléon.

Alors subitement il vit le paquet, et lorsqu'il retira l'**Aigle** du sac, les yeux du grenadier se fermèrent...

— Voilà un brave, dit l'Empereur.

Son visage blanc se leva sur le soldat :

— Que demandes-tu?

Mais l'homme gardait ses prunelles fermées…Il avait du sang dans le cou, et ne parlait pas.

— Tu es blessé?

Curieux, Napoléon vint au soldat et de la pointe de l'index lui toucha le corps. Ce fut assez; l'homme tomba. Ainsi les soldats meurent…

C'était le *dernier*.

LE BIVAC

LE BIVAC

Pendant que les 18.000 hommes de Dupont mouraient de faim dans l'île de Cabrera, Napoléon sentant que le Portugal lui échappait, prépara de nouvelles troupes et marcha droit vers l'Espagne.

Ce n'étaient plus maintenant de faibles conscrits sans poil ni jarrets qui passaient les monts, l'Empereur avait appelé d'Allemagne trois corps d'armée d'infanterie et plusieurs de cavalerie, tous composés de ces sombres hordes muettes dans les marches, ployées aux fatigues, vieillies à la vic-

12

toire, et qui toutes s'étaient battues à Eylau, à Friedland.

Ce n'était rien encore. Et pour frapper l'Espagne, pour l'émouvoir par un spectacle inattendu, il avait joint la GARDE à son armée, cette Garde effrayante de silence qui, depuis des années, orgueilleuse et mélancolique, l'arme au sein, rangée en gala, n'était plus que la spectatrice des batailles, que personne n'osait faire charger tant on craignait de la perdre, et que de capitale en capitale Napoléon traînait à sa suite, comme une épouvante.

Cette masse de cent mille hommes s'augmenta encore des divisions de jeunes soldats restés sur la ligne de l'Ebre et dans la Catalogne, ce qui devait porter l'effectif à deux cent mille. Quand ils aperçurent les troupes, les conscrits de la dernière campagne se ruèrent sur les chemins pour les saluer. Au son des musiques, les régiments d'Iéna longèrent l'Ebre. — C'est bon, dirent les jeunes, voilà les moustaches grises...

A peine arrivé, en effet, Napoléon lança de nombreuses colonnes, et tout ce qui voulut tenir devant elles fut exterminé. Les Espagnols, saisis de

crainte à l'aspect de ces vieillards mais non dé-
couragés, réunirent leurs troupes sous les murs
de Burgos et osèrent attendre la bataille. Elle eut
lieu le 9 novembre et ne fut pas longue. Enfoncés
par un cyclone de poitrails, les ennemis s'enfuirent, — et Napoléon vainqueur prit la route de
Madrid.

Un soir, dans la plaine d'Aranda, au bord d'une
rivière, les Français firent halte pour bivouaquer.
L'ombre tombait.

De tous côtés, se prolongeant aux montagnes,
mille bruits fugaces, un infini chuchotement d'où
montaient des rires, des colères. D'innombrables
feux scintillaient, et de longues fumées les enrou-
laient de halos d'azur, s'évanouissaient dans la nuit
qui se faisait plus odorante mais plus froide. C'était
l'heure de la soupe.

Dans le carré des grenadiers de la Garde, surtout, les voix éclataient avec force. On avait pillé
Lerma; d'énormes gigots de mérinos enfilés à des
baïonnettes rôtissaient au feu, — mais le régi-

ment était debout, et des hommes sans peur, l'habit orné de la croix, tête nue et farouches, braillaient le long des flammes :

— Moi je demande mon congé !

— C'est-i qu'on est soldat ou pas soldat ! Quand on pense que pas plus tard que la dernière fois, tiens, à Burgos, ces petits navets de conscrits se sont moqués de nous !

Un frisson dénoua les rangs, et un homme s'avança, couvert d'anciennes blessures, la gueule broyée en long et en travers par le signe de croix d'un sabre.

— On s'est battu depuis cinq ans ! *Il* nous mène sous les bombes avec nos fifres : « A droite, alignement... Fixe ! bougeons plus. » On regarde mourir les amis, et l'affaire une fois enlevée, nous rassemble encore : « A droite, alignement...fixe ! Soldats de la vieille Garde, qu'*il* nous dit, vous êtes mes immortels ! » Bougre de foutre ! *Il* a raison, et de ce train-là, si ça dure dix ans, nous crèverons tous dans des boîte-à-plume !

— *Immortels*, gronda un autre, v'là donc ce qui fait rire les conscrits...

Le camp tout entier se rassemblait. Une foule s'était massée aux lueurs, et d'atroces voix aboyaient à la nuit :

— Faut lui conter ça... Toi, Ripart, t'iras dans sa tente...

—... On demandera tous ensemble notre démission de la Garde et du titre d'*immortels*.

— Et on reprendra du service !

— Là où on se bat...

— ... Et où on meurt, grogna un officier, grande et splendide brute qui n'avait rien dit, mais qui approuvait d'un balancement de tête, énorme.

A ce moment, derrière le groupe on entendit un pas qui s'arrêtait, et une voix italienne, grave, un peu nasale demanda :

— Qui m'appelle ?

D'un bond les soldats se tournèrent...

C'était l'Empereur.

Petit, les mains dans le dos, la tête penchée en avant, il regardait ses soldats... Cette pose de

12.

fauve, d'oiseau d'ombre ne laissait luire que son regard, son épée, — et songeur, immobile dans les ténèbres, les épaules enfoncées comme à l'affût, quelque chose de sublime et d'affreux s'exhalait de lui. Les hommes tremblèrent.

— Qui donc voulait me parler? demanda-t-il.

Aucun ne souffla.

Napoléon sourit, fit quatre pas dans le silence, vers le feu, et allongea ses mains :

— N'est-ce pas Ripart que je vois là, contre ce caisson? Pourquoi n'as-tu pas la croix? Je te l'avais promise à Auerstaëdt...

— Il y a de ça deux ans, dit Ripart.

— Tu l'auras, fit l'Empereur. Et cet autre, le sous-lieutenant Champeaux?

— Présent, Votre Majesté.

Napoléon en nomma dix au hasard. Il connaissait sa Garde par cœur.

— Vous êtes mes meilleurs soldats, les plus braves du monde, dit-il.

Il répéta encore :

— ...Les plus braves du monde.

Et machinal, étendit ses mains devant lui, pour les chauffer.

Quelqu'un dit tout haut :

— Il a froid...

C'était un brigadier de dragons attiré vers la Garde par l'odeur des viandes, et que la vue de l'Empereur enfonçait en terre.

Alors quelques soldats disparurent, et bientôt Ripart entra dans le cercle.

— Mets-toi là, Majesté.

Il portait sur sa tête un fauteuil de damas aux bois d'or. Il le plaça devant le feu, et l'Empereur, obéissant, s'assit.

Des quatre coins de la plaine arrivaient des bandes noires que la lumière du foyer appelait de loin. Des hommes s'en allaient, remplacés par d'autres, et l'Empereur, isolé, enfoncé dans son fauteuil, le regard bas, poursuivait son rêve sinistre...

— Il n'y a plus de bois dans la plaine et le feu va s'éteindre, dit le lieutenant.

— Pas avec ça ! cria le dragon.

Il montrait deux hommes, deux voltigeurs qui, les bras chargés de caisses, précédaient un vaste chariot.

— On va y en faire, une flambée ! dit le premier.

L'autre enfonça les caisses à coup de talon, et
se relevant les bras pleins d'écharpes, il les jeta
sur le brasier mourant. Aussitôt les flammes
montèrent.

— Un feu d'Empereur ! dit Champeaux.

D'autres arrivaient, conduisant eux-mêmes les
mulets, et ce fut le tour des mantilles. Rouges,
bleues, si fines qu'on les eût prises pour des trames
de nues, elles n'avaient pas le temps de tomber à
terre ; un souffle d'or les relevait, les relançait en
l'air au-delà du cercle, en pluie de petites flammes.
A ce moment une folie empoigna les hommes, et
tous bondirent aux chariots !

Là étaient leurs trésors, tout ce qu'ils emportaient en France du pillage de Burgos. L'Empereur qui détestait la maraude semblait ne pas
les voir. Ses mains, doucement, s'étaient appuyées
aux genoux, son menton ployait sa poitrine.

— *Il* dort... dit un homme,

Et faisant le tour du cercle, l'âme des soldats
chuchota :

— il dort... il dort...

Un cuirassier jeta sa caisse ; elle était ouverte,

pleine d'éventails. Ce bruit fit remuer l'Empereur.

— Tu vas le réveiller... s'étrangla Champeaux.

D'un coup de poignet il écarta le cuirassier, enfonça ses mains et jeta sa brassée au vent, dans un rire !

Il y avait trois caisses pareilles ; on les vida, et lancés de tous côtés, s'éployant en l'air comme des papillons, les éventails tournèrent aux flammes. On les voyait surgir de l'ombre, luire tout à coup avec leurs taureaux de plazza peints sur l'aile, et un joli mot dorait la nervure de leurs pattes : *recuerdo*, souvenir... Éventails de manolas, bijoux de la paresse d'Espagne, par milliers s'élançant des bras levés, comme un essaim ils pirouettaient, voltaient, fusaient en gerbes de pourpre, tandis que plus pesants, détachés, en feu, leurs bois ciselés, leurs ivoires s'amoncelaient sur les braises comme de petits squelettes. On en brûla une fortune. L'Empereur dormait toujours...

Maintenant quinze mille hommes l'entouraient : d'abord, la Garde au premier rang, et au-delà du cercle de lumière, une immense foule, en rond, turbulente et enthousiasmée, dont les yeux flambaient...

— Voilà de la toile! cria quelqu'un.

Et on vit un groupe d'artilleurs.

Alors apparurent au bout des poings de grands tableaux terribles, de sanglantes images où des bourreaux flagellaient un homme pâle, où de pures femmes s'enlevaient dans un air bleu, parmi des anges...

— Arrêtez!

Un colonel s'approcha, voulant empêcher le meurtre, mais au geste que firent les hommes il recula, s'appuyant d'une main sur son sabre, et se contenta de dire à un officier, derrière lui :

— Celui-là, Monteils, un *Ribera*, voyez!

Et au fur et à mesure que les millions roulaient aux flammes, il énumérait :

— Voilà *Murillo... Velasquez... Goya...*

Le sommeil de l'Empereur n'avait pas frémi... Au loin, les régiments s'agitaient : « Le Tondu a quitté sa tente, il a voulu passer une nuit avec sa Garde! » Une houle d'ombres en course emplissait la plaine, frappait d'échos la montagne, et peu à peu les chevaux hennirent, les roues ronflèrent! De fantastiques soldats, à coups de hache,

firent sauter les serrures des coffres ; on s'écarta,
et pour chauffer l'Empereur, toutes ces richesses
barbares s'en allèrent magnifiquement au brasier,
les tentures de soie qui enflammées brûlaient
comme des voiles d'or, les ceintures pourpres qu'on
eût prises pour des serpents ailés, des flots et des
flots de dentelles où par le travers des mailles
fuyaient des pointes de feu, d'exquis tabourets
aux trois pieds de nacre, — folie ! folie ! des miroirs
encore où tant de femmes s'étaient adorées, des
guitares, des guzlas maures, des tambourins aux
grelots d'argent, des castagnettes de bois précieux.
et jusqu'à des poignards dont les lames larges
filant dans le feu luisaient comme des langues
d'aspic. Un dragon, même, jeta des parfums...

L'Empereur dormait toujours... Les caisses
bientôt furent tout à fait vides. Il était minuit.

Alors au bout d'un quart d'heure, le feu que
ces dépouilles avaient ranimé coucha ses plus
hautes flammes. Elles semblèrent s'abîmer, s'enfoncer dans le sol. Le brasier, d'un rouge clair.
apparut, et le froid de la nuit chassé au loin
revint au bivac, se glissa de groupe en groupe.
gela les voix.

— Nous n'avons plus rien, dit quelqu'un.

Une stupéfaction tomba sur les hommes, et on entendit l'Empereur chuchoter de mystérieux mots en rêve...

Il atteignait sans doute aux régions lointaines du sommeil ; ses poings pétrifiés semblaient de pierre.

Décidée à demeurer là jusqu'au matin, d'un seul mouvement la Garde s'accroupit, enveloppée de manteaux.

Au delà, houzards, dragons, cuirassiers l'imitèrent, et mélancoliques ces trente mille soldats entourèrent l'Empereur de silence...

Il dormait toujours, assis dans son fauteuil, avec son chapeau dont le foyer découpait les cornes. Ceux du premier rang, toute la vieille Garde, pouvaient l'entendre respirer...

— L'petiot, murmura une voix ; son fauteuil en tiendrait ben quatre.

— Va chercher les trois autres, si t'en connais.

— Ses mains, regarde-moi ça, c'est-il petit...

— Et ces bottes ! On dirait un pied d'Egyptienne.

— Tiens, écoute, le v'la qui cause...

L'Empereur, en effet, parlait en songe, et de
grands mots lui tombaient des lèvres, coulaient de
sa poitrine au brasier :

— L'Angleterre... l'Orient... nations... mon épée... tout le
globe, une seule France...

— Qu'est-ce qu'il dit? Qu'est-ce qu'il dit? firent
des voix.

Et la plaine s'émut. Des ombres se dressèrent;
on voulait savoir...

— Le feu va mourir, gronda Champeaux.

Mais lancé de mains en mains au-dessus des
têtes, un ballot courait vers la Garde. Quelques
vieux le défoncèrent. C'était le dernier trésor, des
instruments de musique.

— Jette-les, Ripart.

Ripart les jeta. Aussitôt ils ranimèrent le feu
mort.

Une nuit d'étoiles enveloppait la plaine.

Et pendant que les nerfs des mandolines, *ping !
ping ! ping !* tranchés au feu, éclataient en frêles
sanglots, — sans un regret pour leur fortune fon-

13

due, assis, entourant l'Empereur d'une broussaille de moustaches, les soldats de la Garde se montraient de loin le fauteuil, le petit fantôme assoupi dont la Croix luisait encore aux tisons, et s'émerveillant de le voir si faible riaient, pleuraient, chuchotaient entre eux, se faisaient des signes, un doigt aux lèvres, — comme des vieillards qui regarderaient dormir leur enfant.

A l'Adjudant Romand.
17e chasseurs à pied.

UN SABRE

UN SABRE

— As-tu vu mon régiment?

— Lequel?

— Dragons de Sébastiani.

— Ils allaient de ce côté, fit le chasseur.

— Où c'est qu'on va par là que tu montres?

— A Saint-Dizier.

Les deux hommes se regardaient. A la fin le chasseur eut idée de la chose :

— J'ai entendu, c'est là qu'on se bat.

— Fallait savoir, dit seulement le dragon.

A peine ces deux mots tombés, la bête ramena ses jambes de derrière, fit une pointe énorme et bondit! Evanouissement d'une ombre fantôme, rumeur dans le bois, silence... vision.

Une heure après, lancé en charge, le dragon s'arrêta devant un voltigeur amputé qui bourrait péniblement une pipe sur son genou.

— Dragons de Sébastiani! cria le cavalier.

— Par là.

Le blessé tendit l'index.

— Dis donc, ton cheval...

— Quoi?

— J'y donne quinze mètres, a r'garde, il porte au vent.

— Je lui tiens la main basse, pas peur. Alors de ce côté?..

— Tu retrouveras ta famille. Sacré carcan! Faut le remettre à la longe.

— Bah! c'est un tréteau d'Empereur, i se soutient. Et puis je fais des reprises. Par là, hein?

— Oui, à r'v...

Son « à revoir » s'étouffa. Stupéfait, le voltigeur vit l'homme et la bête s'enfuir, et en un instant le dragon disparut, fondit au bout de la route comme un oiseau...

Plus loin, après des reprises de trots et de galops, le soldat sentit qu'il approchait. Alors il entra dans une ferme, dévalisa les caves, remonta chargé de rhum, en vida sur son cheval dont il étrilla les jambes, puis il but le reste et repartit comme un boulet, droit.

Vers quatre heures il aperçut deux hommes sur la route. C'étaient deux cavaliers blessés de la brigade Treillard. Les rênes de leurs chevaux à l'épaule et pleins de sang, ils jouaient aux cartes.

— Les dragons? cria le dragon.
— Quels?
— Sébastiani!
— Là, dit le premier chasseur.
— Là, dit le deuxième chasseur.

Ils n'avaient pas levé les yeux. Un coup d'éperon, l'homme et le cheval s'envolèrent! Et en une seconde ils furent un point, ils ne furent plus qu'un petit point dans la mousseline des poussières...

Ce cheval était un grand poil-pie. Parfois, gen-

timent, le dragon couchait sa face terrible, lui
tapotait le cuir, l'excitait de clapots de langue ; la
bête s'enlevait alors, mais contrainte par la bride
serrait la croupe, volait plus ardente sous le soldat. Ce cheval c'était l'orage, un vent de montagne,
la trombe ! Et de la barbe à la queue tiré en élasti-
que, l'œil fou, les naseaux en coques, à cinq heures
il fut dans les coups de fusil !

— Ça chauffe, dit l'homme.

Il tira son sabre, et à toutes brides passa dans
son régiment. Il tombait sur une affaire d'avant-
postes. Sans doute que les camarades l'aperçurent,
dix voix crièrent : Ohé, Lafollye ! Une haie de
baïonnettes surgit, le poil-pie l'escalada, et hors
terre des quatre fers disparut au milieu des flammes. Cela encore ce fut un bruit dans une tourbe,
un rêve, un écho...

— Ben, tu veux courir, grogna le soldat, cou-
rons.

Il vit au bout de son regard des cavaliers qui
fuyaient. Comme le cheval était lancé, le dragon
consentit à poursuivre, et pliant sa taille, fameux
de calme, il arracha de la selle une courroie gê-

nante, repassa le crin dans le culeron, serra la muserolle et frappa le coussinet du porte-manteau qui penchait à droite, tout cela bondissant, courant, disparaissant! Puis, comme il « savait sa bête », il alluma une pipe et siffla une chanson. Entre ses bottes, libre, assoiffé d'espace, le cheval buvait les lieues, par gorgées.

Ils galopèrent ainsi deux heures. L'ombre tombait, les cavaliers avaient disparu. Vinrent une plaine, un village, une autre plaine, un village, et une plaine encore. Silhouette dans la fumée! Tous ces hameaux, tous ces champs, telle une feuille dans la rafale, tel un souvenir, la bête les franchissait d'un bond. A huit heures le ciel gronda.

— Paraîtrait... dit doucement le dragon.

Alors il ramena la bride, et ouvrit les yeux sur la nuit...

De petits feux s'allumaient au loin. La campagne en était couverte, et ils foletaient sur une immense étendue, comme en un cimetière.

Au fur et à mesure de la course, d'autres lumières scintillaient dans les lointaines herbes,

13.

aux creux des champs, sur les pics, aux flancs des buttes. C'étaient les mille bivacs d'une grande armée en éveil, — et de partout, d'ici et de là-bas, d'avant en arrière, une houle de voix vagues suivait, devançait et enveloppait le dragon. Le poil-pie soufflait de la fumée, les quatre sabots cognaient la terre comme une enclume, et tout à coup des bandes de soldats, d'énormes troupeaux d'ennemis les entourèrent.

— Wer da! cria un officier autrichien.

— Vive l'Empereur! dit sombrement le Français.

Il s'était subitement arrêté, le sabre en main. Courbé, il fendit une tête, et se voyant surpris, tout de même il s'étonna d'être allé si loin, d'avoir battu la route en extrême pointe, et séparé de son régiment, d'être empoigné au guêpier... Une petite ombre lui passa dans le cœur, mais ce fut tout, — et au milieu de six mille hommes dont la multitude accourait, tranquille, il descendit de cheval et s'adossa contre un baraquement. On se jeta sur lui.

Aussitôt le même officier s'avança, et avant que le dragon eût été touché, il cria en français :

— Ton nom? Qui es-tu?

L'homme, qui avait un bras dans la bride, se tourna vers le clair de lune, et raide dans ses bottes, leva sa gueule de bataille :

— Lafollye, dit « *Sans-Souliers* », dragon de la Garde.

C'était un homme de quarante ans, qui avait fait toutes les campagnes de la République. Il secoua son cou et sourit, puis, l'œil sur la foule, avec une lenteur forte, il dégrafa les anneaux de son sabre des crochets porte-mousquetons, darda la lame, et regardant l'officier qui s'approchait, la lui allongea dans le ventre.

Alors des cris surgirent de la nuit :

— A mort le fondeur de cloches ! L'assassin des rois !

Et un millier d'hommes s'écrasa sur le dragon.

Ce fut l'orage refoulé sur un seul point, une mêlée qui va au but. Le cheval tomba. Au milieu des mains levées, dans les clameurs, on vit un sabre qui s'envolait, tournait, large et rouge, aux poings d'un homme casqué. Huit ennemis tombèrent, et le dragon s'en fit une barricade.

La tuerie se reposa.

— Foutus gueux !

Caché à mi-corps par les cadavres et le cheval, l'homme riait à petits coups, funèbre. Une de ses jugulaires à écailles s'était rompue, et dans le gilet chamois qui lui serrait la poitrine, il y avait du sang.

— Aristocrates ! cria-t-il.

Le ton d'injure de la clameur recommença la lutte. Quelques-uns avaient leurs fusils ; on tira, les balles entrèrent dans le cheval. Il fallut s'approcher, mais le fameux sabre s'enleva encore ! Au milieu des têtes cassées, il y eut un instant de confusion, une minute où, comme un nageur qui s'enfonce, le dragon renversé à demi reçut les coups d'en haut et d'en bas. Des ennemis grouillaient sous ses bottes ; il se redressa, tua dix hommes, et fit mine de s'essuyer.

— *J'en ai*, dit-il seulement.

On reprit haleine dans la rage et l'obscurité.

Il en avait, il en avait partout, sur les épaules et dans les flancs, sur les mâchoires, et même un coup de pointe lui avait fait sauter l'œil gauche.

Coiffé en catogan, la queue de sa chevelure s'était dénouée. Il riait, il riait toujours, et l'ardillon de son serre-tête s'étant brisé, entre les deux moitiés de son casque-marmite, la sueur et le sang lui tombaient des joues, par gouttes lourdes, comme une poix.

— Vive la patrie! à bas les traîtres!

Il continua de plaisanter, le sabre en l'air, farouche, préparé à de nouveaux coups. Il était déchiré, horrible, et appuyé au mur, une patte sur le mamelon des morts, il grimaça narquoisement cette insulte :

— Ohé! les marquis! On revient donc botter la France! Mais suffit, le Tondu est encore là!

Dix, vingt, trente hommes se ruèrent. On ne pouvait tirer qu'à bout portant, de peur d'abattre un ami, mais au moment où se levaient les gueules de pistolets, le dragon raflait un bras, coupait une main, décousait une frimousse. Le temps de souffler, le sabre surgissait dans l'ombre, bleu par quelque filet de lune, comme un serpent, comme un fouet, comme une aile d'aigle! C'était incandescent, aigu et subtil, énorme, tournoyant, mortel. A chaque coup, des éclats de bras, des éclats de cuisse et de poitrine, des éclats de crânes volaient dans une pluie rouge, en pantelants copeaux de chair. Cette bataille finissait en bacchanal. Le dragon se raidit, et sentant la fatigue, voulant sans doute mourir vite, il escalada la barricade pendant que ses ennemis reculaient.

Alors, là, on le vit bien. Il s'était essuyé la face et regardait la mort... Ce soldat était si superbe que des trente balles tirées sur lui aucune ne le frappa.

— J'en vois de mon pays dans le tas, cria-t-il, des affameurs d'enfants, des larbins d'Anglais! Ohé! ceux du Parc aux Cerfs, on sait donc plus viser!

Cette brute avait dit le mot cruel. Une vingtaine de pistolets éclatèrent! Et cette fois il fut touché. On l'aperçut qui chancelait. Ses yeux drus, dont l'un saignait toujours, se refermèrent, mais il demeura debout.

— Haï, les p'tits gas, marmonna le dragon doucement, on se met à six mille pour descendre un homme...

Il ployait dans ses pesantes bottes, comme saoûlé.

Une balle lui enleva la queue de ses cheveux.

On sait l'amour des soldats pour le catogan; il essaya de la rattraper, une deuxième balle lui troua la main.

— Quoi! on me dépiote, râla-t-il effrayant.

Un Autrichien blotti près du cheval mort lui enfonça une épée dans le flanc. Il se retourna, et l'Autrichien lâcha prise, l'épée demeura en pleine chair, vibrante... Le dragon l'y laissa, mais tout-à-coup une fureur blême le saisit.

— Ça va donc t'y finir!...

Il pouvait à peine parler. Le sang lui bombait la bouche et il le crachait avec ses mots, par paquets pourpres. Il était droit sous la lune, la taille cambrée, toujours terrible, avec son poing sur la hanche, le sabre au bout d'un bras.

— Tu peux donc pus me tuer, vous autres tous!..

Il semblait près de tomber. On se porta vers lui, en armes.

— Pisque donc que vos fusils sont propres à rien...

Il secoua sa tête et leva une épaule, mais son sabre encore épouvanta.

— Si tu veux me tuer sûrement, dit le dragon à l'énorme foule, *gn'ia qu'un moyen*...

A ce moment il s'inclina, — mais avant de s'ébouler sur le bloc des morts, tandis que du fond de l'ombre son geste s'élargissait aux étoiles, il eut le temps de viser l'ennemi, de lui lancer son arme et de lui hurler :

— **Prends mon sabre !**

Au Lieutenant Baron Toussaint.
        René Maizeroy.

L'ADIEU

L'ADIEU

Deux régiments, houzards et chasseurs, et deux de dragons, quatre mille chevaux en masse, cantonnaient dans la plaine des Arapiles.

C'était, à des distances de songe, un grand lit de pierres. Pas la moindre feuille, un ciel qui suait la menace, et de tous côtés, des cimes, des gouffres, des nues.

Il fallait partir. Marmont, ayant reçu un éclat de bombe, fit appeler celui qui le remplaçait.

— Donnez Valence pour lieu de rassemblement aux troupes ; nous rompons dans une heure.

Ce général était un homme de logique. Il sortit de la tente, sauta en selle, regarda la montagne, et l'idée qui lui vint gonfla de sang sa caboche :

— En voilà des commandements ! « Monsieur vous allez partir. » Est-ce que les hommes passeront dans ces défilés ! C'est raide comme les Pyramides, et ça fout le camp dans le ciel, à des hauteurs !...

En effet, les montagnes apparaissaient, énormes, toutes velues de forêts affreuses et, à les voir de loin, assises dans leur mélancolie, plus muettes que des mortes, on eût pensé à des géantes qui songeaient...

— Il faut cependant partir, gronda le général.

Une autre idée, tout à coup, lui traversa la tête :

— Faites mettre bas les selles ! Bas les brides et le paquetage !

Un galop l'emporta, suivi de son état-major, et à mesure qu'ils passaient sur les régiments, les officiers criaient à leur tour :

— Dessellez ! débridez !

Vite, les deux brigades se formèrent, sur la

gauche et la droite, en colonnes de régiment. Il y
eut tumulte! Les hommes, sans comprendre,
s'étaient jetés contre les chevaux, arrachaient
gourmettes, muserolles, longes, brides, et ils
allaient desseller, quand une voix demanda :

— C'est-i qu'on voudrait nous faire lâcher nos
carcans?

Celui qui avait parlé s'appelait Fogère. C'était
un petit vieux houzard qui mâchait un bout de
moustache. Il déboucla le poitrail, puis le surfaix
et la sangle.

— Si c'était pour ça... malheur!

Un long murmure monta des rangs.

— Mon mien de cheval qu'a vu Eylau,.. dit un
dragon.

Il repoussa la selle, dégagea la queue de la crou-
pière, et prit une poignée de crins d'argent qu'il
fit nuer dans ses doigts :

— Que je quitterais mon frère, mais non! Il m'a
sauvé du carré de fer, à la Moskowa.

D'autres disaient aussi :

— J'aime mieux crever que de laisser mon cheval aux Goddem!

— J'ai deux jours de vivres, qu'on z'y vienne

donc me le prendre! Un comme qui dirait de l'éperon, une tappe sur la fesse, et bonjour!

Le général entendit, et apparut, calme, un petit cigare sous la dent. Même il roulait une bride autour de son doigt, et il considéra longuement ses cavaliers, en confiance :

— Alors, quoi! on se rebelle, on veut faire ci et ça, on n'écoute que son sentiment...

Les soldats bronchaient.

— Nous allons battre en retraite vers la montagne; or, les chevaux ne peuvent pas suivre.

Il prit position, et devint un peu pâle.

— Comme les Anglais seront ici dans une heure, il ne faut rien leur abandonner.

D'un geste, il assembla les officiers, et à demi-voix leur parla longtemps. Un colonel, celui des houzards, dit enfin :

— Moi, je ne demande pas mieux.

Le colonel de chasseurs murmura :

— J'essaierai... peut-être que l'exemple...

Les colonels de dragons ne disaient rien. L'un d'eux frappait la terre à coup de bottes, l'autre allongeait sa moustache; c'était un couple de

géants, des amis, et ils se tenaient, par un
bras.

— Allons... dirent-ils.

Tous retournèrent à leurs hommes.

Le colonel des houzards montait un grand bai
châtain; il l'amena devant ses soldats, descendit,
prit un couteau dans ses fontes, et lui coupa le
jarret gauche. Le cri des hommes fit un bond sau-
vage !

— Ainsi vous ferez tous ! hurla le colonel. Les
Anglais n'auront pas nos chevaux ! Dans cinq
minutes... inspection... la peine de mort à qui-
conque...

Il attendit, ferme, les bras croisés, dans les
clameurs.

Un autre appela son ordonnance. Pendant qu'on
exécutait la bête, il alluma une pipe, les mains
lourdes, le dos tourné, la chair morte. Les
hommes, furieux, s'étaient campés contre le fron-
tail des chevaux.

Le général passa :

— Vous hésitez ! cria-t-il, vous ne voulez donc
pas revoir la France !

Un horrible cri jaillit des colonnes, un hurlement de flanc où l'espoir triste, et l'orgueil, et toutes les tendresses débordaient.

— Qu'on m'obéisse, alors!

Sombres, les hommes s'emparèrent des chevaux.

Les uns tenaient les brides, et les autres, effrayants, se courbaient. Il y eut un silence... puis les reins des bêtes frissonnèrent. Un hennissement secoua la plaine, — et la terre, aussitôt, se couvrit de sang...

C'est alors qu'une folie s'empara des hommes! Les régiments avaient repris leur formation, mais leurs lignes s'étaient abaissées. Immobiles par habitude, les chevaux maintenant penchaient, allongeaient le cou, et de leurs quatre mille ventres s'exhalait un râclement continu, régulier, sonore, creux et doux, comme un sanglot...

C'était ce bruit qui désordonnait les soldats, et aucun ne put y tenir. On en vit qui empoignaient leurs bêtes et les embrassaient en pleurant. Trois dragons qui s'étaient aidés voulurent achever leurs juments, mais ils n'avaient plus de cartouches; on les trouva tous les trois à genoux, les pâturons de leurs chevaux dans les mains, et lorsque le général voulut les faire parler, ils l'insultèrent.

Un officier couché sur son alezan disait à ses hommes :

— C'est le petit-fils d'un cheval d'armes qui s'était battu à Fontenoy ; je le tenais de mon père.

Un peloton qui se relevait, sanglant, se mit à enlever les brides. C'étaient de vieux houzards aux mains fortes, et, soigneux, glissant leurs bras dans les crinières, ils avaient l'air d'enlever des parures. D'autres, effrénés, ployés devant les chevaux, leur baisaient la bouche, comme des maîtresses ; et il y en eut qui tombèrent sur place, décidés à mourir.

Car c'étaient les chevaux des grandes batailles ! les chargeurs de Prusse, les niveleurs d'Iéna, les vieux galopeurs d'Eylau, de Friedland, les conquistadors d'Espagne, les enfonceurs farouches d'Abensberg, de Landshutt, d'Eckmühl, d'Essling, les bêtes sombres qui s'ébrouaient à la Moskowa, et dont une Victoire, jamais lasse, fouettait la croupe depuis dix ans !

La plupart de ces quatre mille chevaux avaient vu tout cela, ils avaient tout oublié, aussi : — le foin des garnisons, l'écurie chaude, les revues mêmes, et les parades. Ils n'avaient connu que leurs cava-

14

liers, une voix qui parfois se faisait rude, parfois les flattait, quelques brèves caresses, puis la charge en plein feu, la charge encore, toujours la charge ! Ils avaient vu tout cela, et maintenant, déshabillés de leurs selles, nus et debout, avec un pied haché qui saignait, immobiles de stupeur, ils attendaient la mort sans se plaindre, le cou lourd, une épouvante au fond des yeux...

— Commencez, dit le général.

Les capitaines entrèrent dans les escadrons :

— *A droite alignement !*

Et ils passèrent la revue.

Sur chaque paume, le pied d'un cheval saignait. On vit des chasseurs qui refusèrent de regarder, pâles, et certains présentèrent le sabot d'un air tremblant, du bout des doigts...

Parmi les dragons, les chevaux, plus jeunes, étaient aimés comme des frères. Les hommes étaient de rudes moustaches, des anciens de Jemmapes et de Neerwinden qui n'avaient plus souvenance de patrie. Là, tout ce que le désespoir a de morne couchait les crânes, et ce fut une revue d' « épaules » que les capitaines passèrent. Des hommes avaient pendu le sabot à leur sabretache dans l'intention de l'emporter, un vieux l'avait troué d'une boutonnière et accroché à son dolman, et quelques-uns, moins forts, s'étaient écrasé le casque sur les yeux, pour qu'on ne vît pas leurs larmes...

Derrière, les chevaux renâclaient toujours, mais d'un gémissement bas... si souffrant qu'il semblait lointain. Parfois, entre leurs cavaliers, ils allongeaient le cou, déployaient leurs yeux d'ombre, stupéfaits, mauves et morts déjà, comme pour demander ce qu'on allait faire d'eux. Immobiles sur trois pieds, l'autre patte mutilée, un peu tremblante, ils regardaient le soir s'emplir de rigoles rouges, et flairant leurs cavaliers, d'une langue humble, certains, les plus tristes, leur léchaient le dos...

Tout était prêt.

Alors le général fit avancer les hommes, s'informa s'ils avaient leur équipement, et au cri des colonels, en horde, les quatre mille soldats partirent.

Traînant des bruits de sabres, coiffés de leurs bombes sombres, ils montèrent ainsi pendant une

heure, et le vent des gorges, filé entre eux, écheve-
lait le crin de leurs casques, les colliers de brides
qu'ils portaient au col. Bientôt, n'en pouvant plus,
ils s'arrêtèrent, — mais tout à coup, venue d'en
bas, désespérée comme la douleur des abîmes ;
une inexprimable et monotone plainte suspendit
leurs souffles...

C'étaient les chevaux.

Courbés, ils les aperçurent au fond du val, très
loin, à la même place, en colonnes. Leurs têtes,
cependant, s'étaient tournées vers les monts,
et toujours immobiles, se sentant abandonnés,
c'étaient eux, c'étaient eux qui pleuraient ainsi...

— *Marche!*

Encore une heure, puis une autre heure. On faisait un pas, et on s'arrêtait. Quelques-uns, l'esto-
mac dans le gosier, reniflaient leur sang. D'autres,
pleins de jurons, la tête à terre, à demi rampants,
semblaient n'avancer qu'à coups de genoux. Soudain, un grand vent passa...

— *Halte!*

C'était l'étendue ivre, — et on se pencha, on regarda, on écouta encore...

Et on entendit alors mille, deux mille, trois mille, quatre mille voix qui s'exhalaient de l'ombre Elles semblaient s'effiler des pics, sauter les gouffres, escalader les rocs, bondir, s'envoler, s'envoler vers eux ! — Puis un grand silence tomba sur les hommes, et deux colonels s'approchèrent.

— Pauvres vieux, dit le premier.

— Ils vont nous attendre.

— Non. Tenez... Entendez-vous ce ronflement qui se prolonge ? On dirait qu'ils pleurent...

— Les bêtes ont le sens du mystère, fit un jeune officier.

— Vous avez raison, conclut le colonel, ces chevaux flairent la mort, et ils nous disent *adieu.*

Accoudés aux parapets de granit, les soldats ne disaient rien. Sous la lune qui se levait, appuyés contre leur selle pendue à l'épaule, ils avaient l'air de barbares en boucliers. Tristesse, désespoir ! Ils sentaient maintenant leurs âmes lourdes, leurs bottes plombées, leurs flancs sans force. Plus de carcans, plus de cavaliers ; plus cavaliers, plus soldats, — et un songe les ramenait en bas, dans la plaine, au-devant des bêtes, les enfonçait dans

14.

le sang du passé, vers leurs grandes luttes, vers les charges mortelles qui, durant l'Empire, les avaient lancés aux mitrailles, légers comme des fumées... A ce moment, un cri les enveloppa :

— *En avant !*

Ils se redressèrent.

On entendit une autre plainte, loin...

Alors, une dernière fois, les hommes regardèrent la plaine, du côté des chevaux...

Harassés, il leur sembla qu'ils n'avaient plus de patrie, plus d'Empereur, plus de régiment, plus d'armes, qu'on leur avait tranché quelque chose à l'épaule, *comme des ailes.*

Et sans tourner la tête, effroyablement tristes, ils s'enfoncèrent dans la nuit, muets.

LES CROIX

LES CROIX

Dans une baraque, entre Borisow et Studianka, minuit, à la lueur d'une lanterne :

— Bon sang de bon Dieu ! où qu'elle est, c'te chabraque ? J'ai le cul gelé !

Une grande planche tomba, d'un coup sourd, dans l'ombre. Sans doute qu'elle frappait des blessés ; un hurlement retentit, et des hommes qu'on voyait à peine, en tas sur le sol, firent craquer leurs mâchoires.

— C'est pire que des fontaines... souffla quel-

qu'un. Mes deux trous dans le bras droit s'est rou-
verts. Sacré sang de cochon ! Tu t'arrêteras-t-i de
tomber ! Me v'la dans la glace rouge. A-t-on jamais
vu du sang qui gèle !.. C'est encore la faute à c' co-
quillard !

Le cuirassier qui avait culbuté la planche fit
demi-tour en grognant. Il n'avait gardé de sa tenue
que son casque au manchon de poil, et sa culotte
pourrissait à la Moskowa. Il avait les abatis mate-
lassés de foin lié en cothurnes. Une lance cosaque lui avait ouvert un côté, et glacé, il cherchait
dans les ténèbres sa chabraque perdue, pour s'en
couvrir.

— Le premier qui bouge, dit-il sans regarder
personne, je le tue à coups de casque.

Des cris couvrirent sa voix. Quelques soldats,
malgré leurs blessures, essayèrent de se lever. La
porte s'entre-bâilla, et dans un coup de vent, un
nouveau venu s'approcha d'eux.

— On se tient debout pour saluer les amis, dit
un voltigeur qui hoquetait son dernier souffle.

— Alors, quoi ! sur une quille ! répondit le dragon en se glissant. On m'a pas appris cette valse-
là.

Quelqu'un tourna la lanterne. Le dragon n'avait qu'une jambe.

— Tiens, c'est Jacole! cria une voix.

— Bruert! Bruert! dit le cul-de-jatte.

Alors, deux hommes blessés à la tête s'avancèrent. Ils étaient de la même compagnie que Jacole. Le dragon, couché, les regarda :

— Vous aut' aussi! Qu'est-ce que t'as, Dubois?

Dubois montra son cou à moitié ouvert. Il tendait le crâne à gauche, pour fermer l'entaille, et ne parlait pas...

— Touché, dit le dragon. Et toi Bruert?

Bruert, à plat ventre, se mit à rire.

— Moi, j'ai quat'œils à la frimousse.

Tous les blessés de la baraque entendirent. Ils étaient bien cinquante. Ce mot les égaya.

— Est-il rogolo, ce Bruert! ronfla dans sa soupente un grenadier de la Garde.

— Qu'est-ce que ça veut dire que tes « quat' œils », demandait le dragon. T'as du chien, Bruert, de blaguer en ce moment ici...

Bruert, toujours à plat ventre, leva la tête :

— J'ai reçu deux ricochets dans le front, v'lan! v'lan! tout près des oreilles!

Le cuirassier blessé au flanc passa devant eux, et sombre, énorme, demanda :

— Où qu'est ma chabraque ?

Malgré sa blessure, Jacole se dressa sur ses poings, et, le buste haut, accroupi sur son unique jambe :

— T'as pas fini de nous raser avec ta sacrée pelure d'enfer ! J'vais t'en tailler une sur ta peau, de chabraque, si tu continues !

— Ah ! gueuler, gueuler toujours,.. tiens, tu as raison, j'aime mieux me battre, répondit le soldat.

Ils avaient leurs sabres. Le dragon tira le sien, l'empoigna, et malgré sa souffrance, pointa le ventre du cuirassier.

Mais au moment où l'homme à la chabraque ripostait, un autre sabre étincela entre les blessés, — et la lanterne éclaira deux yeux clairs, une figure enveloppée de favoris, des croix françaises...

— Silence ! cria l'officier.

Il fit trois pas, jeta un coup d'œil au fond de la baraque, et se mit à interroger les blessés, bref :

— Ton nom ?

— Caillasse Henri.

— De quoi te plains-tu?

L'homme se fâcha.

— Probablement, dit-il, que tu te fous des houzards, mon capitaine. Est-ce que t'as vu broncher
ceux de 1806? Me plaindre! Moi qu'ai plus sou-
vent couché dans les bombes que toi d'avec les
p...de Vienne! Si tu recevais de la mitraille, hein,
malgré tes croix, t'irais-t-i geindre auprès de l'*Autre!*

— Non, dit le capitaine.

Il regardait l'homme étalé à terre, et cherchait
le long de son corps.

— Qu'est-ce que tu as?

Le houzard tendit deux choses rouges :

— Je n'ai plus de mains.

Le capitaine frémit et se retourna. Sa botte avait
touché un autre homme.

— Ton nom?

— Dubuque.

— Qu'est-ce que tu as?

C'était un cavalier du 20e de chasseurs. Il sou-
leva sa gorge qu'une balle avait traversée.

Le capitaine fit un demi à gauche.

15

— Et toi, comment t'appelles-tu?

Mais le soldat ne voulut rien dire. Accroupi, le front collé à terre, ses épaules n'avaient pas bougé. Le capitaine lui prit la ceinture, le secoua, et il vit que c'était un voltigeur de la Garde. L'homme resta sur ses genoux.

— Fais voir ta frimousse.

Le voltigeur n'avait plus de figure. Il montra sa plaie, quelque chose comme une pâtée de gueule.

— Oui, dit un homme, vous croyez p't'êt' qu'i va vous répondre!

Le blessé avait levé ses deux mains, et tenait six doigts en l'air, à la hauteur de ses yeux...

—... Veut dire comme ça, dit son compagnon, qu'il a besoin de *six francs*, histoire de payer le médecin-major, et boire un coup à vot' santé, capitaine.

Le voltigeur fit signe que non. Alors l'officier se pencha, et reconnut la blessure. Le soldat de la Garde allait mourir. Une balle lui avait traversé la tête en lui arrachant le nez, la peau des lèvres, et *six* dents...

— Tu es un brave, dit le capitaine.

Le voltigeur, satisfait, se recoucha.

Plus pâle que la lune qui entrait par les cre-
vasses de la porte, l'officier, à deux pas de lui,
entendit une rauque haleine, l'ahan de fatigue
d'un bûcheron, et des soufflets sourds comme frap-
pés sur un bois solide. Il s'approcha :

— Ton nom? dit-il au fantôme.

— Dragon de Latour-Maubourg, fit une voix
vague.

Et les coups continuèrent.

— Ton nom? répéta l'officier, j'ai besoin de ton
nom...

— Dragon de Latour-Maubourg, dit la voix
devenue têtue.

— Il s'appelle Beauss, de la 3ᵉ compagnie,
gronda Jacole.

— C'est bien, dit le capitaine en frissonnant. Et
qu'est-ce que tu as, toi, mon camarade?

Le soldat de Latourg-Maubourg ne répondit
rien, mais sa lutte redoubla de fureur. Il enlevait
la gangrène de son pied à coups de sabre.

— Où as-tu été blessé?

L'homme comprit à sa manière ; c'était un peu

une brute. Et sa tête se dressa en récitant cette page de livret, cette leçon :

Neuf coups de sabre au siège de Schlestadt, — 93.
Biscaïen dans la jambe gauche à la prise de Francfort, — 96.
Eclat d'obus à la poitrine, Hohenlinden, — 1800.
Perdu le doigt index de la main droite à Austerlitz, — 1805.
Coup de feu au bras droit à Carascal, — 1811.

Et il ajouta, pris d'un rire sombre, en cognant de nouveau son pied :

Mort dans les Russies en 1812.

Le capitaine, terrifié, fit demi-tour...

*
* *

A trois heures du matin, l'Empereur, cantonné à Borisow, au milieu de sa Grande-Armée, apprit une seconde fois par Oudinot, que deux ponts se trouvaient à Studianka.

— Vous y pourrez faire passer l'Armée, Sire.

Corbineau à qui nous devons cette découverte avait raison, dit le Maréchal.

L'Empereur se leva, tout à fait décidé, et le Maréchal sortit.

Vers cinq heures, l'Armée quitta ses cantonnements. On avait commencé un pont sur Borizow, de manière à tromper l'ennemi, et les pontonniers en emportaient un autre, pour le jeter à Studianka.

Le jour allait venir.

Oudinot marchait à côté de l'Empereur suivi au loin des immenses débris de la Grande-Armée, lorsqu'à mi-route une galopade retentit, et un aide de camp du Maréchal, lancé ventre à terre, à bride avalée, arrêta sa monture devant lui.

— C'est vous, Barrois !

— Oui, monsieur le Maréchal.

— Qu'avez-vous ?

Le capitaine était blême. Il épilait sa moustache à coups de dents, et secouait son cheval :

— Rien... je n'ai rien !

Tout à coup, il s'écria :

— Monsieur le Maréchal, je viens de voir une chose terrible !

—. Contez-nous ça, dit Oudinot.

Le capitaine fit volte-face, et d'une voix rapide où haletaient son épouvante et son émotion :

— Une bande de traînards appartenant aux divers corps d'armées— ah ! quels hommes ! — rencontra, le soir du 24, dans les environs de Stadhof, un guêpier de Cosaques.'— Douze cents, monsieur le Maréchal ! Ces hommes, grenadiers, cuirassiers, dragons, au nombre de cinquante, dont quelques-uns mourants, n'étaient commandés que par un voltigeur de la Garde, que je vous recommande pour le jour où la Vieille-Armée manquera de chefs d'escadrons ! Des douze cents Cosaques, il ne reste plus que les bottes ! Je viens de voir nos soldats, tous blessés, réfugiés dans une baraque, sans vivres, sans effets, sans secours. Ils n'ont qu'une lanterne, disent des blagues, et s'amusent à mourir...

L'Empereur, tête basse, allait au pas derrière son État-Major. Le Maréchal demanda:

— Où sont-ils ?

— Sur la route que nous suivons, un peu en avant Studianka. Monsieur le Maréchal, qu'on m'enlève mon grade si de ma rosse de vie je dois revoir ça ! Ne rien promettre à de semblables soldats ! J'ai outrepassé auprès d'eux mes droits de capitaine, mais que faire au milieu d'hommes gavés de mitraille comme des poulets de grain, et qui, à chaque question, vous répondent : Vive l'Empereur ! Je les ai tous interrogés. Il y en a qui ont fait Jemmapes. Tonnerre de Dieu ! J'ai sur le cœur une infraction à faire casser au grade vingt Commandants de corps, mais j'ai trente-deux ans et de la poigne, je regagnerai mes galons demain, ou je crèverai pour la France !

— Quelle est cette infraction ? dit Oudinot. Parlez devant l'Empereur.

— L'Empereur !... fit Barrois.

Napoléon se retourna tout à fait, et regarda le capitaine dans les yeux.

— Parlez.

L'officier trembla sur sa selle, étourdi. L'État-Major marchait toujours. Au moment où le capitaine reprenait souffle et retrouvait sa salive, le cheval de Napoléon s'arrêta net.

— Nous y sommes ! cria Barrois ivre-fou. Mes

gaillards sont là, sur la route. Quand je leur ai dit que l'Empereur passerait devant eux pour aller à Studianka, ils sont sortis de la baraque, en masse, pour le voir ! Alors, j'ai fait former le cercle, et je leur ai promis à tous... Ah! dit le capitaine en se frappant le shako, qu'on m'enlève mon grade !

— Parlez ! dit l'Empereur impatient.

— Eh bien! cria l'officier, comme ils allaient *partir* sans se plaindre, moi Barrois, aimable garçon, capitaine tout court, je leur ai lâché des **croix**, les croix de l'Empereur! « Vive la France ! » ont crié mes ânes. Ils ont toujours prêt ce testament-là dans leurs gibernes. Enfin, au regard qu'ils m'ont lancé, j'ai senti que ces vieux bougres parleraient de moi au bon Dieu, et remettraient mes affaires du ciel en ordre. Maintenant, vous pouvez leur ôter ces croix, je ne suis qu'un capitaine, après tout ! Mais mourir pour mourir, crever contents, ça vaut mieux que rien !

Oudinot interrompit le capitaine qui vraisemblablement délirait. Il y avait sur le chemin une butte de spectres, et cette butte, rouge de sang, était immobile..

— C'est eux... dit le capitaine.

Un vent de glace les avait gelés. Ces cinquante
hommes couvraient les deux bords du chemin,
comme les croyants de la Mecque. Ils avaient
attendu l'Empereur toute la nuit, et sinon de leurs
blessures, ils étaient en train de mourir de froid.
Bruert, aux tempes crevées, était grimpé sur le
cuirassier qui, depuis cinq heures, gardait la route,
en équilibre sur une jambe, comme un héron.
D'autres ne bougeaient pas... Dubuque, étendu,
vomissait encore un fil de sang. Le voltigeur au
museau mâché par les balles, enfoncé dans ces
débris de jambes, ces tronçons de bras, surveil-
lait l'horizon comme un oiseau de nuit dans son
arbre, — mais ce fut le dragon de Latour-Mau
bourg, monté au sommet de ce sublime tertre, qui
le premier, apercevant les colonnes, cria en guise
de garde à vo : *Vive l'Empereur!*

Napoléon, pensif, les observa une seconde, et se
retournant vers le capitaine :

— Où avez-vous été décoré, *vous?*

— A Ulm, Sire, où j'ai fait une compagnie d'Autrichiens prisonnière.

15.

Oudinot s'avança :

— Votre Majesté n'ordonne rien pour ces croix?

— Quelles croix?

— Celles qu'a données si imprudemment le capitaine...

L'Empereur dit seulement : « Le *Chef d'Escadron* Barrois vient de faire ce que j'eusse fait à sa place. Remettons-nous en route; je maintiens ces croix, vous m'en ferez signer les cinquante brevets demain. » — Et, raide sur son cheval et dans son manteau, vaguement, le TONDU salua les *morts*.

Au Lieutenant François Bénech
18ᵉ *d'artillerie*.

LE FOSSÉ

LE FOSSE

« *En prévision d'une retraite, ordre formel est donné à l'artillerie d'occuper la crête qui domine Arcis-sur-Aube, au point où la route de Troyes chevauche la première colline hors de la ville.* »

MARÉCHAL NEY.

Cette retraite commença dès une heure. Le colonel d'artillerie désigné fit appeler ses hommes, et d'une voix basse leur fit part de la volonté du Maréchal.

Alors, du fond des rangs noirs, un homme qui ne craignait plus rien, s'écria :

— Nous sommes cuits !

Immédiatement, on vit les cent cinquante hommes du cercle faire un pas dans un tremblement. Une main mystérieuse glissa dans l'air, au-dessus de leurs shakos, et toutes les têtes se courbèrent. Elles flairaient la mort...

— Du courage, répéta le colonel, vous sauvez l'armée, vous sauvez peut-être vingt mille hommes. C'est l'Empereur qui vous a désignés...

Des voix répétèrent :

— Si c'est l'Empereur... Tout de même, si c'est *lui*...

Le colonel était un homme de Wagram, mais les blagues de bataille ne lui venaient plus, et il se contenta de dire encore :

— Vous sauvez l'Empereur, vous sauvez la France.

— Ces hommes sont las, dit un officier, ils ont faim ; et sur cent hommes, il y a trente blessés.

— Eh bien ?

— On ne tiendra pas devant l'ennemi.

Les deux soldats étaient blêmes. Le colonel

abattait des mottes de neige à coups de fourreau.

Les hommes, terrassés par le sacrifice qu'on
réclamait d'eux, se taisaient et ne bougeaient pas.
Une immense rumeur ennemie envahissait la
plaine, venue de loin, pour avertir... Au milieu
de cette tristesse, une effrayante idée, quelque
chose comme une larve d'ombre sauta dans l'âme
du colonel.

— Nous allons prendre nos positions, dit-il au
lieutenant, j'ai un moyen pour *tenir*.

L'officier fit rompre le cercle, et au bout d'une
demi-heure, tous les hommes furent à cheval.

Il y avait deux batteries : l'une de huit pièces
de 4, et l'autre de quatre pièces de 12. Le colonel
les fit sortir de la ville, en colonnes de section.

La ville était morte. Les soldats, de même, enfoncés sur leurs chevaux, semblaient morts. Les
pièces de bataille, glissantes à ras de neige comme
des oiseaux lourds, mortes, mortes aussi ; et mort
comme elles, ce vieil officier qui marchait en avant
des hommes, là-bas, dans le silence.

Non loin d'Arcis, la route de Troyes s'élève, et

de son sommet le plus élevé, on a la campagne
sous son regard.

— Halte !

A cent pas du sommet, les deux batteries s'arrêtèrent. C'était ce point qu'il fallait garder.

Les mêmes clameurs ennemies montaient sans
cesse dans l'air froid, s'y élargissaient d'un éclat
lointain, continu. Cet orage venait des coteaux,
car ils étaient rouges.

— Messieurs, ordonna le colonel aux officiers,
devant chaque homme, le sac ouvert, toutes les
affaires de poche installées. Mon ordonnance éclai-
rera. Dans cinq minutes, je passerai la revue.
Faites vite.

Lorsque tout fut prêt, il descendit un peu la
route, s'arrêta devant le premier homme, et
regarda son sac.

L'artilleur était vieux et tremblait. Une grande
bande de linge sanglant lui couvrait l'œil gauche,
la joue et une moitié des moustaches. Le colonel lui fit retourner ses poches, elles étaient
vides.

— Tu n'as pas de lettres ?

— Non, grogna le vieux.

— Tu n'as donc plus de famille?

— Non.

— As-tu de l'argent?

— Non.

Le colonel passa au deuxième. Après avoir vu le sac :

— Tes lettres.

C'était un jeune. Il avait quelques papiers, il les donna.

La section fut inspectée en deux minutes. Les hommes, d'eux-mêmes, tiraient leurs lettres du sac, leurs sous, parfois quelques pièces blanches. et les tendaient au colonel, en courbant le front. Un brigadier prenait le tout, et le disposait par terre, en tas menus.

Dans une autre section, il y eut deux premiers servants, deux camarades, qui refusèrent de rien donner. C'étaient deux grandes brutes du Rhin. Et posés de biais, une botte en arrière, ils dirent ensemble :

— Alors, quoi! C'est pas assez de nos tripes!

— Non, dit le colonel, il faut que vous déposiez

là ce que vous avez de plus précieux ; on vous le rendra.

Abrutis par cette douceur, ils lâchèrent leurs bourses. Un autre gueula :

— C'est-il qu'on paye une noce à l'*émigré* ?

Celui-là tenait son sac en l'air, à bout de bras. Il était horrible, et, furieux, voulait sauter sur le colonel. Deux hommes l'empoignèrent. On l'attacha.

— Vos lettres, votre argent… disaient les officiers.

Il y en avait qui donnaient sans voir, la tête tournée, effrayants de mélancolie, d'autres qui se laissaient dépouiller, raides au milieu des mains qui les retournaient, sans un mot, sans un geste. Vers la fin, tout au fond de la batterie des pièces de 12, le colonel buta contre un homme, et faillit tomber.

— Debout !

L'homme ne bougea pas. C'était presque un enfant, et il pleurait. Le colonel passa.

Un autre, un « poil gris » de Marengo, sans doute, fit un pas vers le colonel, et affreusement souriant, voulut le fléchir :

— Voilà mes quatre sous : trente francs, mes économies de la Grande-Armée; c'est ça de la fortune !

Le colonel prit l'argent, et, la chair hérissée :

— Tes lettres...

L'artilleur chancela, étourdi du coup. On le vit qui retirait ses mains, et il répéta, montrant un paquet de lettres :

— C'est de maman, mon colonel, c'est de maman... maman...

— Donne !

—...

— Donne !

Quelque chose tomba dans la neige. Une ombre s'éloigna, pénible, — et voyant cela, les autres, vingt au plus, les derniers qui restaient, se dépouillèrent.

*
* *

— Où faut-il faire le trou?

— Dans le fossé.

***

On ne mit qu'une minute pour jeter les lettres
dans un sac. Au flamboiement de la torche et contre leurs canons, les hommes attroupés regardaient sans rien dire ce funèbre enterrement. Les
paquets tombaient les uns sur les autres, liés de
crins. Il y en avait de minces, d'épais. Il y avait
de petits papiers, blancs encore, des baisers d'hier
portés à la diligence par d'humbles femmes, et
d'autres, vieilles et fripées, qui dataient de l'an Ier
à l'an III, des lettres de vingt ans écrites par des
morts, comme déteintes par les yeux en larmes qui
les avaient tant de fois lues et relues. On les jeta
dans le trou; l'argent, mis en paquets, alla rejoindre les lettres, — et le colonel avança son
cheval.

— Mes enfants, nous n'avons pas à bouger de
là. Regardez bien ce fossé; c'est à vous de voir si
vous y laisserez venir l'ennemi...

Il repoussa la torche, et dans un bruit de gourmettes, les hommes sautèrent en selle, dans la
nuit.

— *Tête de colonne à gauche!*

Les cent soixante chevaux entrèrent dans les champs de neige, et au bout de vingt pas :

— *Vers la gauche, en avant, formez les batteries !*

Les voitures s'élancèrent à gauche, vers les labours, et bondirent sur le fossé. Au galop, les sections s'éployèrent en éventail, et à douze mètres les unes des autres s'en vinrent prendre leur intervalle. Le colonel commanda :

— *En batterie*,

HALTE !

Les caissons s'arrêtèrent, et leurs six chevaux blancs se mirent à piaffer dans la neige, à coups sourds.

On faisait vite, car l'ennemi allait venir. De petites étoiles s'allumaient. On avait écouvillonné, dégorgé les lumières, et les servants de droite allumaient leur mèche à feu.

— Silence...

Les chefs de section coururent au colonel qui, debout sur la pointe extrême de la crête, observait la campagne, et ils l'entendirent qui répétait :

— Des chevaux... ils n'ont que des chevaux; nous allons faire du dégât...

Il revint à ses hommes, ordonna la hausse de six cents mètres, puis enveloppant les batteries d'un froid regard :

— Allons, mes enfants, de la valeur, nous sauvons la France...

Et à son rang de bataille, énorme sur ses étriers :

— *Pièces,*

Feu !

Un coup de tonnerre ! Et les cent soixante soldats apparurent vêtus de rouge comme des fantômes d'incendie. La clameur voia sur la route, s'enfla vers les plaines, et les collines la roulèrent en d'autres plaines, comme une débâcle de galets...

Il était temps. Des galops et des galops sonnaient à triple charge dans la campagne. Il vint d'abord mille chevau-légers de Bavière aux grands casques sombres, et par la route de Troyes se précipitèrent six mille cuirassiers de Schwarzenberg.

— *Pièces,*

Feu ! hurla le colonel.

Les artilleurs tiraient par salves, les douze

canons à la fois. Entre chaque décharge, éperdus, les chevaux ennemis s'écrasaient contre la gueule des pièces, et rapides, c'étaient des combats de sabre, où derrière des haies cliquetantes, les canonniers rechargeaient leurs grands « enfonceurs ». Alors la tempête commença. Une décharge à bout portant rafla toute une ligne de chevaux cabrés. Des galops redescendaient la route, d'autres l'escaladaient ; et par les fentes de silence qui s'ouvraient dans ce tumulte, la voix du colonel, enflammée, ne jetait plus que ce cri bref :

— *Pièces*,

Feu !

L'âme des canons, toute pourpre, s'ouvrait comme un enfer. Des trombes de bombes s'envolaient par les rangs ennemis, abattaient les chevaux, trouaient les cuirasses blanches, emportaient les cavaliers hors de selle, comme des plumes, les jetaient sur le sol, en tas, et de leurs soufflets de lumière poussant le remblai des morts terribles et des terribles vivants, précipitaient le tout, pêle-mêle et têtes-culs, au même charnier de gloire.

— *Pièces*,

Feu !

Les canons reprenaient haleine...

Puis, tout à coup, avec ensemble, ils se remettaient à rugir, — et, quoique embarrassés par les sabres et les poitrails, d'audacieux soldats aux poitrines profondes comme des fûts de mortiers, réjouis de lutter ainsi un contre cinquante, accomplissaient obscurément des merveilles. Sans reculer d'un pouce leurs fortes bottes, ils mouraient un à un, les bras liés aux lourdes roues des affûts, et il fallait tuer les hommes avant de toucher aux canons.

— *Pièces*,

Feu !

Soudain, par la route de Méry, les Cosaques de Platow, au nombre de quatre mille, arrivèrent au bruit des hourrahs, au bruit des sabres et des lances ! Avec les cavaliers de Schwarzenberg et ceux de Bavière, cette masse ennemie comptait dix mille chevaux, et la plupart des Français étaient déjà tombés. Certains, rompus de lassitude mais toujours debout, s'entraînaient à la manœuvre en braillant à la tuerie, sur un air de charge farouche, d'innocentes chansons natales, et entre les volées de foudre, secouant leurs vieilles ferrures et lançant à l'entour d'eux d'immenses nuées de neige, les lourds canons de bronze, réveillés en furieux sursauts, bronchaient comme des ivrognes entre leurs cales de cadavres.

— *Pièces*,

Feu !

— Rendez-vous ! Rendez-vous ! criaient les voix au loin.

Des « cent soixante » qui barraient la route, il ne, restait plus que trente hommes. Aucun de ces trente ne bougea, mais aux lueurs des mitrailles, on vit quelques têtes se tourner en arrière, vers le *fossé*...

— Rendez-vous ! rendez-vous ! rendez-vous !...

L'espoir du colonel se réalisait ; personne n'avait reculé. Pas un cri, pas un murmure. Frappé, on quittait la pièce, et l'ami tombait à son tour, en tendant la mèche ou l'écouvillon. Ils sentaient sous leurs bottes leurs gros sous tinter ; ils voyaient leurs lettres s'ouvrir, de petits bonjours frais, des nouvelles de hameau, des baisers. De lointaines caresses désapprises remontaient en leurs mémoi-

16

res le cours des étapes impériales, et on en vit de fameux qui, refusant de quitter la route, se firent massacrer, la face haute, sans un mot. On avait formé le carré à bras, en s'attelant aux roues. Six pièces restaient, et cinq tiraient encore à mitraille. Les neuf survivants avaient placé les affûts détruits devant eux, et comme un officier s'avançait pour les sommer encore de se rendre, par-dessus ce rempart, il lui envoyèrent trois bombes. C'était leur mort.

L'ennemi revint contre eux, avec des pièces. Eclairés par les torches, on les vit monter la colline, et tous battaient des ailes vers la charogne. Ce fut sublime. Dix mille cavaliers et quarante canons enveloppèrent les derniers braves, trois fantômes silencieux adossés debout aux grandes gueules d'airain. Une voix lamentable, qu'un sabre ou qu'une lance étranglait, cria encore : *Pièces*, Feu! Et le torrent des chevaux, des hommes, des affûts s'évanouit au fond de l'ombre, dans une tempête de clameurs, de neige, de fumée...

La route de Troyes était prise.

A minuit, dans le château du comte Armand, saouls de champagne, les officiers généraux se racontaient les épisodes du combat, et applaudissaient à la bravoure des artilleurs.

— Messieurs, dit Schwarzenberg, allons voir le champ de bataille.

Six cuirassiers précédaient la troupe, avec des lanternes. Un temps de galop conduisit cette cavalcade à la crête du chemin, et on marcha dans la neige, vers le fossé. Schwarzenberg, sombre, allait en avant. Toutes les fois qu'il se penchait, ses décorations battaient sa poitrine, et semblaient pleurer...

La ligne des cadavres délimitait la ligne de combat. On eût dit que ces cent soixante hommes étaient morts à la même place.

Un artilleur avait la tête sous ses bras, comme fendue par un coup de hache, et ses mains gelées froissaient un billet. Schwarzenberg put lire; il commençait par une tendresse : *Mon pauvre enfant...*

Partout, de petits papiers, des sous, des pièces. Les hommes, d'instinct, s'étaient traînés jusqu'à ce trou, avaient déterré leurs souvenirs, les lettres des vieilles mères, et ils s'étaient fait tuer les uns sur les autres, jusqu'au dernier. Schwarzenberg, saisi d'un frisson, regarda Pahlen.

— Combien y avait-il de *Français* à la bataille?

Aussitôt, quelque chose d'énorme sortit du tertre sanglant. C'était un fantôme en shako et à chevrons. Il avait encore son sabre, un glaive à tête d'aigle. Tout cela, l'homme, le shako, le sabre, était rouge; — et terrible, comme on approchait une lanterne, cet homme tomba en répondant :

— Combien de Français? Compte : ils sont **tous** ici.

Au Lieutenant Roullet.
30ᵉ *de ligne.*

OUVREZ LE BAN !

16.

OUVREZ LE BAN !

Le Prince Charles ayant profité de la nuit pour entrer dans Ratisbonne, Napoléon voulut lui reprendre cette ville avant de marcher sur Vienne.

L'ennemi avait six mille soldats : canonniers aux remparts et grenadiers aux parapets. Il fallait, pour le battre, emplir un fossé d'échelles, y descendre en armes, et, sous les bombes, sauter à l'assaut d'énormes fortifications dont les angles étaient flanqués d'artillerie.

L'Empereur, placé sur un monticule, à une portée de boulet, ordonna au Maréchal Lannes de faire approcher la division Morand. Pour mettre ses soldats à l'abri du feu jusqu'au moment de l'attaque, il les plaça derrière une grange, et des échelles prises dans les villages voisins furent amenées devant les troupes.

Les généraux devaient passer des revues.

L'un d'eux, fort aimé du Maréchal, et nommé Baron de l'Empire à Eckmühl, était un jeune homme de trente ans, bouclé comme une femme, doux au bivac, sévère en marche, bon avec ses soldats, et qui, toujours en tête, le poing levé, malmenait et sabrait l'ennemi comme un Russe fouette ses chiens. On l'appelait Duclos, le « baron Duclos ».

Il arrêta son cheval derrière la grange, fit sonner le rassemblement, donna le tour à ses cheveux, mordit ses lèvres comme s'il allait se présenter devant l'Impératrice, — et marcha vers ses soldats.

Ceux qu'il vit d'abord étaient des grenadiers. Ce régiment d'anciennes barbes avait vu Arcole,

Rivoli, Castiglione, les Pyramides, Saint-Jean-
d'Acre, — Austerlitz ! — On pouvait échanger sa
peau contre une victoire.

Quand il arriva en face des lignes, le général
salua l'Aigle, et c'était vraiment alors que nu-tête,
les pieds unis, maigre et mince, fluet sous sa
pelisse de madgyar chamarrée d'or, il apparaissait
à ses soldats, ingénu, plus fragile qu'une fille, et
frais comme un matin de combat.

— Faites ouvrir les rangs.

Les colonels, tournés vers leurs bataillons :

— Second rang, trois pas en arrière !

Une ligne de bonnets à poils recula.

— Portez vos arrmes !

Et Duclos s'avança dans l'intervalle, suivi de son
état-major.

Il passa ainsi la revue du premier rang. Le
général connaissait tous ses hommes, car en passant, d'un mot qui les faisait rougir, il leur rappe-
lait une charge ou un assaut. Ces soldats semblaient des morts debout. Vieux, soignés, coquets
sous leurs tenues rapiécées, ils avaient de trente à
cinquante ans, et leurs moustaches grises, raidies

par les brusques pluies et les durs soleils, retombaient en crinières courbes sous leur menton. Toutes ces têtes, levées et fermes, semblèrent de granit quand Duclos passa. Une discipline monacale, aux arrêts de dégradation et de mort, avait enfoncé dans leur caboche le respect des grades supérieurs, et dans leur dos une barre de bronze qui, aux jours de revue, les liait au sol, pieds en équerre et talons joints. Les généraux se battaient pour les avoir sous leurs ordres. Ces vieux soldats avaient les manies de l'héroïsme, attendaient la croix vingt ans, et tutoyaient l'Empereur. C'étaient les grands-pères de l'Armée.

— Toi, je t'ai vu au Mont-Thabor, dit Duclos.
— Oui, mon général, vous étiez capitaine.
— Et toi, tu es un fourrier d'Austerlitz.
Le soldat frémit.
— Je t'ai fait décorer par le Tondu, à Burgos, dit-il à un troisième.

La revue s'annonçait bien. Le général était content.

Parfois, Duclos redressait ou renfonçait un bonnet, visitait un sac, rajustait les buffleteries. Au
milieu du quatrième rang, il s'arrêta en face d'un
homme, et immobile, pensif, le contempla…

L'homme était vieux. Il avait le regard clair des
bonnes bêtes, et l'on eût dit, à le bien voir, que
chaque ride marquait une campagne. Courbé sur
le soldat de la Vieille Armée, si près que sa respi-
ration lui chauffait la face, le général observa son
grenadier, soucieux de la tenue, indifférent pour
l'homme, compta les boutons, mania les armes, le
toisa enfin de la guêtre au col :

— Pas propre…

Il avait un doigt sur la giberne du grenadier.
Sa voix se fit sévère, tout à coup :

— Pourquoi ne te conformes-tu pas à l'ordonnance? Tu as l'honneur d'être Légionnaire, et tu
te présentes pour un assaut avec de la boue sur tes
armes !

L'homme devint blanc; il ouvrit la bouche pour
parler, ses mains tremblèrent…

— Allons, dit le général doucement, la tête
un peu plus haute,… le pouce allongé sur la première capucine…

Muet, nerveux, Duclos continua la revue, et un quart d'heure après ordonna la pause.

— Michel! souffla un grenadier.

L'homme qui venait d'être réprimandé se retourna.

— Quoi?

— Pas possible! Tu connais le général. On ne nous refait pas! Même quand il te bouscule, vous vous regardez comme des bonn' amies.

Le vieux soldat se mit en colère :

— Je n'ai pas l'habitude de jaser.

— Nom d'un bougre! fit le caporal de l'escouade, c'est-i catholique, ça! Vous vous parlez dans les petits coins, aux bivacs : Michel par ci, Michel par là... T'as été blessé devers Saragosse; tout de suite, il est venu te voir...

Un autre ajouta :

— La nuit de Landshutt où ça membrait, il t'a donné du vin pour faire boire les camarades!

— Nous ne nous connaissons pas! dit le grenadier, têtu. Moi, l'ami d'un général, d'un baron doté par l'Empereur!.. C'est connu, il ne me manque jamais. Vous avez vu, tout à l'heure, pour ma giberne...

— C'est d' la frime. J'ai idée que dans le temps, vous avez chiqué le même tabac.

A ce moment, le tambour battit.

On donnait le signal de l'attaque.

Les échelles amenées pour assaillir la ville étaient par terre, devant la grange.

Lannes ayant demandé cinquante hommes pour planter ces échelles dans le fossé, contre les murs, il s'en présenta un nombre supérieur qu'il fallut réduire. Mais à peine sortis de la grange, une décharge bondit du rempart, et les cinquante volontaires furent cinquante morts.

A la voix de Lannes, à la voix du général Morand, cinquante nouveaux reprirent les échelles, et coururent aux remparts! Une gorgée de mitraille les coucha tous.

Morand se retourna, et rageur, éperonnant son cheval :

— Duclos, cria-t-il, faites appel à *ceux* d'Austerlitz!

Le général, offrant son flanc gauche aux bombes, galopa devant ses troupes :

17

— Soldats!...

Le vent de la course qui emportait son cheval balayait sa voix sur les régiments :

— Soldats!... Vous souvenez-vous des journées de la Trébia, de Zurich, d'Aboukir, de Marengo !..

Il repassa derrière les troupes, ventre à terre. Sa voix, de plus en plus hurlante, poussait les régiments :

— Soldats!...

On n'entendit qu'un bruit précipité de sabots, et, dans un cliquetis de gourmettes, la voix du général, qui mâchait une proclamation :

— Soldats d'Hohenlinden, d'Iéna ! Grenadiers d'Eylau et de Friedland, resterez-vous immobiles devant l'ennemi !

Un bond le ramena en face des lignes. Son cheval fumait.

— Soldats! cria Duclos à bout de phrases, — vous êtes Français, l'*Empereur* vous regarde, et voici une ville qu'il faut enlever !

Aucun des régiments ne bougea, — mais un grenadier sortit des rangs. Ce fut grotesque : un homme seul, armé d'une échelle, marchant au

pas contre huit mille hommes et deux cents
canons.

Duclos pâlit.

— Personne ne suivra ce brave?...

Il n'eut pas le temps de finir Les régiments
remuèrent...

— En avant ! cria Duclos.

Déjà, il posait le pied sur une échelle. Avec des
cris fauves, les hommes se ruèrent contre les remparts, à la suite de Duclos. Le vieux grenadier
tiraillait déjà sur la crête. Alors la danse commença. Une ligne d'éclairs illumina Ratisbonne,
et les fusillades rugirent ; — mais après trois
heures de tumulte, à bout de souffle, à bout de
voix, les canons autrichiens reculèrent.

La ville était prise.

Là-bas, Duclos se battait toujours. Au milieu
d'une place, entouré de l'état-major, exposé au feu
de l'ennemi, nu-tête, l'habit en loques, il rallia
ses grenadiers ; mais au moment où il ordonnait
une charge, le galop d'une vingtaine de bêtes
s'arrêta derrière lui.

— Halte, dit une voix.

C'était l'Empereur.

— Général, faites former le carré.

Le mouvement s'exécuta sous les bombes.

— Quel est votre effectif? demanda l'Empereur.

— A peu près cinq cents hommes. Ce sont mes régiments qui ont le plus souffert.

Le cheval de Napoléon pivota du côté de la brigade. Duclos fit un pas, et les deux hommes se parlèrent à voix basse.

— Amenez-le moi, dit enfin l'Empereur.

Les troupes avaient porté les armes, et il s'était fait un grand silence... Là étaient ceux que le général avait vus le matin, non plus brillants comme à la parade, mais suants, sanglants, débraillés, beaux comme des bourreaux. Son œil, un moment, se porta d'escouade en escouade, et tout à coup, l'épée haute, ayant trouvé sans doute ce qu'il voulait :

— Au nom de l'Empereur! cria le général, que le soldat monté le premier à l'assaut s'avance!

Des paquets de mitraille tombaient encore sur la ville, mais lancés de loin, car l'ennemi était en déroute. Un homme sortit des rangs et s'approcha...

C'était le même qui s'était attiré un reproche de Duclos. Timide, il marchait en baissant la tête, gêné par une blessure au front dont le sang noyait ses yeux, ce qui l'obligeait à s'essuyer de la main gauche continuellement. Lorsqu'il fut au milieu du carré, à quatre pas de son général, brusque, il présenta les armes, et le baron Duclos, blême, dressé sur ses étriers, commanda :

— Tambours, ouvrez le ban !...

Trente caisses battirent ensemble, d'un seul coup. L'homme frissonna, saoulé de gloire.

— Tu étais d'Egypte, dit l'Empereur qui le reconnut.

— Oui, sire.

— Et ta croix ?

— Je l'ai gagnée à Lodi.

— C'est bon, dit l'Empereur qui détourna ses yeux de glace. *Allez*, Duclos.

Pétrifié, le général s'approcha des troupes ; et

lancée au loin, par-dessus les bataillons immobiles, sa voix de charge éclata :

« Grenadiers et Tambours ! Vous reconnaîtrez désormais pour caporal le soldat Michel Duclos, arrivé le premier dans Ratisbonne et blessé au front, — et vous lui obéirez en tout ce qui concerne le bien du service et l'exécution des règlements militaires ! »

Il pivota, et tremblant de fièvre, dans un silence mortel :

— Tambours, fermez le ban.

Puis il descendit de cheval, embrassa le grenadier, et on vit que les deux hommes pleuraient.

— Monsieur le Baron, demanda l'Empereur, pourquoi ce brave était-il simple grenadier ?

— Il avait sa retraite depuis l'Italie, mais je lui ai conseillé de se rengager l'année dernière.

Duclos regarda encore le soldat :

— De cette façon, nous nous voyons chaque jour. Ah ! Sire, je n'ai été qu'une fois dans ma famille, en cinq ans. Une balle peut me débloquer ; au moins *lui* sera là. Nous nous sommes jurés de mourir pour la France et notre Empereur.

— Vous connaissez donc cet homme ?

Duclos répondit : C'est mon père.

A la mémoire du Colonel Willette.

L'AIGLE !

17.

L'AIGLE

—

— Au drapeau !

A coups de sabre et de fusil, de la griffe, du jarret, du gueuloir, les grenadiers de Lannes firent leur trouée dans les rues d'Essling.

La voix reprit, haletante :

— A l'Aigle ! à l'Aigle ! Hardi, les piquiers ! Face à gauche ! Il y a quatre hommes sur vous, Massouille !

Le cheval du commandant sauta par-dessus

trois hommes et accourut. Mais le tourbillon des ennemis entraîna le drapeau.

— Gare à vous, fanfans! Ici, près de moi! Capitaine, faites serrer... Hardi! A la baïonnette!

En masse, les grenadiers suivirent cette voix; on l'entendait éclater de tous côtés, là où l'emportait le cheval :

— Massouille! Massouille!

A force de danger, elle devint familière :

— Où es-tu, mon petit Massouille? Tiens bon! Ne lâche pas le drapeau! C'est moi ton commandant! Ne lâche pas; je dirai ta belle conduite à l'Empereur!

Et elle se relançait dans le feu et les sabres :

— J'arrive! Ah! chiens d'Autriche! Massouille! Nom d'un sang! Tourne-toi! Un coup de biais de ta latte sur cette gueule,... Bravo! Et les piquiers! Niguedouilles de piquiers! Laisserez-vous prendre votre chef? Bon, je casse la gargoine du premier qui le lâche d'une botte. Holà! Massouille! Sur ta gauche, un cavalier! De la pointe, au flanc du carcan... Ça y est! Ah! le beau coup! Maintenant, hors des bombes, ici, et avec ton *Aigle!* — Vas-tu venir!

Massouille n'écoutait pas.

Campé en noceur, il apparut une seconde, épouvantablement débraillé, suant rouge, une patte sur les têtes, le sabre aux mâchoires, le pistolet d'une main, solide, l'*Aigle* en l'air ! C'était bien l'homme de la charge, à l'œil pur, à la peau gauloise, aux cris vivants ! Une entaille de bancal lui déshabillait la poitrine, et comme à coups de pioche, d'un large afflux, on entendait battre son cœur.

— Massouille ! grondait le commandant, ta place n'est pas là ! Vous n'avez pas le droit d'exposer votre *Aigle* ! Je ferai mon rapport à l'Empereur. Vas-tu venir !...

Massouille n'écoutait pas.

Droit sur la barricade, et entouré de sa garde, quatre hommes qui dardaient leurs lances, il balançait aux balles son grand drapeau. Toutes les rues tremblaient ; le village allait être enlevé, on se battait à chaque porte, et c'était le moment de courir en tête.

— Massouille ! Massouille ! Monsieur Massouille ! Souviens-toi que vous étiez sergent sous mes ordres, à Marengo ! — Holà ! faites attention à votre

Aigle ! Mais bougre de foutres, je crois qu'il ne l'a plus... Si ! Bien ! Approchez ; vous allez trop vite. Vas-tu venir ! Colback de Dieu, vas-tu venir !

Massouille n'écoutait pas.

Blanc comme une fille, demi-nu, l'âme et les bras armés, il allait de l'avant, et chacun de ses bonds faisait un cadavre. A la fin, tout de même, ayant de l'ennemi dans le dos, sur le ventre, sous ses pieds, dans les morts qu'il bousculait, sur sa tête, parmi les Autrichiens qui tiraillaient des croisées, il s'arrêta pour mieux combattre. Son poignet tourna ! On vit des hommes s'affaler sous son sabre et sa hampe se planter sur eux. Un coup de fusil, tiré de près, lui avait enlevé le shako, à ras de front ; comme une boule qui s'enflamme, ses cheveux de soldat, tordus par le vent, brûlaient autour de sa tête. Il avait encore une balle dans le cou, et de sa gorge blanche, une nappe de sang tombait jusqu'à son nombril. On s'élança pour le sauver.

— Massouille, vous voulez vous tuer ! c'est des blagues ! A droite ! Gare à toi ! Et aïe donc, pare à gauche ! Mais je ne t'en veux pas, mon petit Mas souille! Veille au drapeau, je ne dirai rien à l'Empereur. Minute, j'arrive...

Le commandant fit sauter son cheval, mais comme toujours une masse fit irruption, sépara Massouille des grenadiers. On recommença la lutte. Les ennemis plièrent. Le dernier faubourg était pris.

— Massouille, mon ami! hurlait le vieil officier.

Il se battait au-devant des rangs, fameux, sans regarder ses coups. Une masse de nuages tourbillonnait au fond des rues, et n'apercevant pas le drapeau, le commandant se lamentait :

— L'*Aigle!* Qu'on cherche Massouille! Il nous faut le drapeau!

Déjà, les Autrichiens fuyaient. Alors, on entendit les tambours! Les hommes s'élancèrent, et pour la dixième fois Massouille apparut... Sa hampe tricolore d'un poing, il faisait face à la débâcle, et tuait à gauche et à droite, en rigolant.

Les sabres qui l'avaient dépouillé lui avaient aussi fendu la culotte. Il était maintenant nu, tout à fait nu. Ses cheveux brûlés lui faisaient une tête de charbon, et une joie qui n'en finissait pas secouait sa gueule! Dans les derniers coups de fusils, on put l'entendre encore. D'un aboiement qui frappait les maisons désertes, il appelait l'Empereur, — et planté comme une bête sur ces ruines, barrant toute la rue, les jambes en écart, et le drapeau à bout de bras, il semblait à lui seul s'être emparé d'Essling.

On le suivit pour cantonner.

*
* *

Une demi-heure après, on perdit sa trace. Vainement, jusqu'au soir, ses camarades le cherchèrent.

— Où est le porte-drapeau? demandaient-ils aux blessés.

Personne ne répondait. A neuf heures, Massouille n'avait pas reparu.

Mais à la pleine nuit, cinq hommes s'échappèrent d'une maison. Une lune glacée tombait sur les morts. Massouille allait en avant.

Il était sombre. Il avait bandé son cou d'un grand linge, et à son poing se dressait le fameux drapeau, mutilé cette fois, criblé de trous, — *sans Aigle*.

Sans *Aigle !*... Le drapeau n'avait plus d'*Aigle !* Une balle l'avait fait sauter, sans que personne s'en aperçut, et voyant cela, un grand désespoir avait saisi l'officier.

— Il avait raison, le commandant,.. j'aurais dû veiller...

Il marcha devant ses hommes :

— Attention... Qu'est-ce que c'est, Muller, tu le vois ?

L'homme, qui regardait un mort, haussa les épaules :

— Non, c'est un camarade... Noël, mon ancien brigadier du 10e.

— Il faut aller lentement, dit Massouille ; vous avez vos piques, soulevez-moi ça...

Les quatre bâtons s'enfoncèrent, et s'enlevant comme des pelles, tirèrent du tas des morts deux fantômes cassés en deux qui bavaient leur sang. On les rejeta.

— T'as pas reconnu ç'ui-là, Chassard ?

— Si, c'est Frontier.

— Cherchons sous leur dos, dit Massouille.

Ils se coulèrent sous les cadavres, mais ne trouvèrent que le pavé.

Toute la rue fut inspectée ainsi. Cent morts, deux cents morts furent fouillés. On ne trouvait toujours pas l'*Aigle*.

— C'est-il un coup de sabre ou une balle qui l'a enlevée de la hampe, ou quoi!... Plus d'Aigle à mon drapeau! C'est pas possible.

Il continua de ronfler :

— Qu'est-ce que l'Empereur dira? Qu'est-ce que je vais foutre, maintenant, sans *Aigle!* C'est-il un drapeau, un de vrai, qu'un drapeau sans Aigle! Le Tondu va voir ça demain. Et qu'est-ce qu'il dira!

Les piquiers tirèrent trois morts...

— V'là Grimard, dit un soldat.

— Judt! Leroucher! firent les trois autres. Un vrai œil pour les reconnaître ; c'est des bouillies.

Les spectres, lourdement, retombèrent.

— Cherchons! Cherchons! criait Massouille.

Une effrayante colère enveloppa son idée fixe :

— Non, je vous dis, c'est pas possible! Un porte-drapeau perd pas son *Aigle!* Et qu'est-ce que je fous ici, moi, Massouille, du « Brave des braves »,

du *Dix-contre-un*, si je n'ai plus d'Aigle ! Car, y a
pas, il était ce matin au bout de mon bâton !

Et toujours :

— Qu'est-ce qu'*il* dira? Qu'est-ce qu'*il* va dire,
le Père l'Enfonceur !

— On vous le trouvera, dit Muller.

Il se baissa.

— Un chef...

Sous la lune, les quatre piques érigèrent une
masse informe qui ruisselait. C'était le commandant. Il était tué, lui aussi.

— Laissez-le, dit Massouille, à d'autres ! On se
battra demain, pas vrai ! Tenez, si je ne retrouve
pas mon Aigle, je me fais sauter le fourgon. Ça...
qui brille...

Il se jeta par terre, les mains en avant ; mais
c'était l'or d'une bourse crevée.

En silence, les hommes se partagèrent les
pièces.

— Mon Aigle ! Mon Aigle !...

Il s'amusait sur les ennemis, en passant, bottait
les morts, leur crevait le flanc, écrasait leur face
du talon. Quelques-uns, à l'agonie, lançaient un
cri vague, puis retombaient. Soudain, quelque

chose de monstrueux, qui s'élançait des charniers, les enveloppa de vent et de soufflets. Une clameur secoua la rue, et les cinq hommes bondirent.

— Charognes! gueula Massouille. Attendez, je vais vous faire une poursuite!

Il disparut, sabre au poing. Piques droites, au galop, les quatre soldats le suivirent. Ce fut un bruit de course, d'éclatantes rumeurs, une fuite dans le sang et le clair de lune, et au bout d'une seconde, rien ne resta dans le village que le silence, la peste, la nuit, les morts...

*
* *

22 mai !

Dès l'aurore, tous les canons, hurlant ensemble, clochèrent l'heure du combat. L'Empereur avait le double des troupes; les trois premières divisions de Masséna dans Aspern, et le quartier à Essling, protégé par le sabre de Lannes. Entre ces deux villages piaffait la cavalerie de Bessières. La Garde Impériale, tenue en laisse, grognait comme une meute. — Napoléon veillait sur le tout.

L'Archiduc recommença l'attaque de la veille, et voulut percer la ligne entre Essling et Aspern.

Une division de cuirassiers vola sur l'ennemi. Masséna hurlait : Grenadiers, on s'amuse là-bas sans nous ! La Garde, démuselée, tomba des pattes et des crocs sur l'Autrichien, et en une seconde les troupes de l'Archiduc fondirent au soleil. C'est alors que le *Tondu* commanda l'offensive : A vous, Lannes ! Et au pas de la parade, le Maréchal s'avança magnifiquement dans la plaine. En tête, marchait la brigade de Massouille.

Le mouvement s'exécuta en silence, d'un pas rythmé qui semblait ne devoir plus finir. Ce fut comme si la mort elle-même s'approchait, calme, dans une houle de talons, formidable, — et on allait atteindre l'ennemi, lorsque tout à coup, dans ce grand ordre, une bousculade et un cri séparèrent l'armée française ! Les fronts se tournèrent... Un orage, une trombe, un typhon tranchait l'Armée en deux, gifflait les files, et semait partout le tumulte ! Une clameur grosse et rauque, effrayante, un cri froid, étranglé, rageur, qui gelait les moelles, hérissait le poil, fouettait l'âme dans les poitrines, s'envolait de la trouée, sautait, bondissait au milieu des hommes, et traversant en hâte les compagnies et les bataillons, vite, vite, vite, s'approchait du premier rang.

Alors, apparut Massouille !

Terrible, emporté, poussé, culbuté par une affreuse allégresse, les poings scellés en l'air, il balançait vers l'Autriche le drapeau de la veille ! Et les clameurs étranglées qui gelaient les moelles, c'étaient les cris, les cris rauques d'un grand aigle saisi la nuit par les piquiers, non plus d'or massif comme les Oiseaux de l'Empire, mais *vivant* et lié par une patte au drapeau !

Comme l'officier courait, autour de lui, de la pointe de leurs lances, les piquiers remettaient l'Aigle en chemin. A cette vue, un indicible bravo monta des rangs de la France, et dans une foudre d'acclamations, les régiments prirent le pas de course !

Alors, furieux, l'Aigle de gloire que ce tumulte affolait, secoua sa chaîne et poussa son cri de bataille ! D'un grand élan droit, excité par les puanteurs, il s'enfonça dans les ennemis, entraîna le drapeau en loques, l'officier, les quatre lances, les régiments eux-mêmes, — et tout au loin, là-bas, comme réveillés en leur mort, soulevés dans la

plaine sur leurs poings meurtris, des foules d'ago-
nisants, stupéfaites, purent contempler cet Aigle
de rêve, qui du haut de son drapeau, l'œil rond,
le bec ouvert, impérialement doré par l'aurore,
proclamait déjà de ses cris farouches le triomphe
des vainqueurs d'Essling !

Au Commandant Heimburger.
17ᵉ chasseurs à pied.

LE CRI DE L'ABIME

18

LE CRI DE L'ABIME

Les Anglais occupaient la crête de la montagne d'Alcoba, entre le couvent de Busaco et la gorge, et ils dominaient entièrement le camp des Français. La position paraissait imprenable; il fallait cependant l'attaquer.

Le 27 de septembre, Ney fit éclater les trompettes, et donna le branle aux tambours!

Cette position gardait la montagne, et s'enlevait en plein ciel, enveloppée de gouffres.

Au bout d'une heure, sans qu'on eût pu deviner

quelles ailes gigantesques avaient porté quatre
mille hommes si haut, le Maréchal et deux régiments de grenadiers apparurent à vingt pas des
Anglais !

Aussitôt les gueules des canons s'ouvrirent, et
les rouges mitrailles s'envolèrent vers les colonnes
françaises ! Haletants, Ney et ses troupes tombaient contre les affûts, s'écrasaient dans les
flammes, fondaient sous les fumées, s'élançaient,
croulaient, et surgis de nouveau, hardis comme
des cibles, ressuscitaient écharpés à la pointe des
fusils anglais ! — Pendant l'assaut, trois cents
hommes étaient morts ; l'attaque en supprima
cinq cents. Ils tombaient par grappes lourdes,
mais derrière eux, d'autres soldats accouraient,
butaient, faisaient place à d'autres... A la fin, les
canons se turent, égosillés ; la ligne ennemie frissonna, et les canonniers roux, les hauts carabi-
niers anglais s'enfuirent...

— En avant ! cria le Maréchal.
On se mit à leur poursuite sur le plateau ; —
mais soudain la terre trembla,.. un grand pan de

terrain se fendit, et lancée en plein vertige, une masse effroyable d'hommes, dont mille Anglais et quatre cents Français, fit la culbute on ne sait en quel abîme ! Les combattants qui restaient n'entendirent qu'une vaste clameur, une fugitive et sifflante lamentation lointaine... puis plus rien ne demeura sur la montagne que l'espèce d'écho d'une huée sourde, — et l'épouvante, le silence, des troupes atterrées qui reculaient...

*
* *

Vers trois heures du soir, un parlementaire anglais descendit l'Alcoba, se fit indiquer la demeure du Maréchal, et alla prévenir Ney que Wellington désirait lui parler au sujet de la catastrophe du matin.

Alors, seulement, Ney parut se réveiller. Depuis le combat, il vivait dans une hallucinante stupeur, et son domestique installé devant la tente, ne laissait plus entrer personne. Il se leva enfin, et fit appeler le chef du 2ᵉ corps :

— Reynier, tu vas me suivre. Commande un capitaine et une compagnie.

18.

Le général s'inclina ; et une minute après, la troupe gravit la montagne.

Là haut, Wellington attendait, pâle encore, entouré de ses officiers.

— Monsieur le Maréchal, dit-il d'une voix rapide, vous devez être autant que moi intéressé à la vie des braves gens qui sont tombés dans le gouffre de l'Alcoba ce matin. Il n'existe plus d'ennemis, à cette heure, mais des malheureux.

Ney s'avança, et les deux chefs se serrèrent la main.

— Il faut immédiatement leur porter nos secours !

— Nous aurions dû le faire plus tôt, dit le Maréchal, mais l'épouvante m'a glacé les idées ; c'est la première fois de ma vie que j'ai peur.

En causant ainsi, les généraux et leurs suites s'étaient arrêtés devant le gouffre. Un entonnoir de rochers, dont le soleil brûlait l'ouverture, se dilatait à la surface du plateau, comme un immense bâillement, et creusant la montagne, s'en-

fonçait droit dans la terre, en de nocturnes profondeurs. Ney, Wellington et les officiers se
penchèrent... De cette gueule affreuse, toujours
tendue, sans cesse ouverte, immobile et insensible, surgissait une trombe de vent froid. Les
têtes en furent fouettées.

— Il faut y faire descendre quelqu'un, dit simplement le Maréchal.

Wellington frissonna, et quelques visages, dans
l'état-major anglais, pâlirent.

Ney, homme d'action, se retourna.

— Des cordes, commanda-t-il. Capitaine, avez-
vous *un homme ?*

— Oui, Maréchal.

— Faites-le venir.

— Le capitaine « regarda » sa troupe, et un
grenadier sortit.

— Il fera de son mieux, c'est un Basque, dit
l'officier en le présentant.

Le soldat enleva son uniforme, se lia les reins,
lança dans une grimace un rapide et comique
salut à son capitaine, et la corde se défila. On le vit
un moment descendre le talus, avec sa culotte de

grenadier, un fort bâton dans le poing, — et au
bout d'une minute il s'évanouit dans le noir... Là,
on lui cria :

— Ça marche ?

— Oui, lâchez la corde...

Alors, un Anglais voulut descendre aussi. C'était
un montagnard. Wellington le proposa.

— Non, dit le Maréchal, votre Écossais pourrait
cogner mon homme en chemin. Or, celui qui est
parti est un bougre méchant ; il en profiterait pour
attaquer, et nos deux hommes se battraient sus-
pendus par nos cordes sur le gouffre. Au lieu
d'avoir des renseignements, nous remonterions
deux cadavres.

Wellington ne répondit pas. La descente se
faisait rude ; la corde flottait...

— Ce sont des arbres, des rochers qui l'arrêtent,
fit un officier.

On cria :

— Hooop !

La corde se tendit, et une voix déjà lointaine
s'élança de l'abîme

— Je ne vois rien... lâchez...

Un mystérieux frisson secouait la corde. Quatre officiers rangés à la file en faisaient glisser un bout, de temps en temps. Ça ne marchait pas vite. L'homme, en bas, n'y voyait qu'avec ses mains, et se tortillait sans doute en pleines ténèbres...

— Hooop ! hoolà ! crièrent ensemble des grenadiers.

De plus en plus basse, élargie, assourdie comme un écho de bourdon, une clameur s'exhala du gouffre :

— Enc... ore, lâche...ez !..

Il y eut un autre arrêt. Sans rien qui pesât « au bout de lui, » le câble s'étala en vagues spirales, puis redevint rigide. Alors on en lâcha quelques mètres, — mais impatient, Wellington se retourna :

— Qu'on aille chercher le moine.

Un major s'écarta et revint, suivi d'un Minime.

— Monsieur le Maréchal, dit Wellington, voici un religieux qui pourrait nous dire s'il existe sur un des flancs de l'Alcoba une *issue* dont nous puissions nous servir pour sauver plus promptement nos hommes. J'ai arrêté ce moine ce matin.

— Interrogez-le, dit Ney.

— Mon père, dit aussitôt Wellington, parlez-vous le Français?

Le Minime dit « oui », d'un signe. Il avait penché le cou, et sa tête maigre et pelée, aux longs yeux caves, s'avança comme celle d'un gypaëte.

— Vous êtes du pays; vous devez connaître l'Alcoba.

La tête du moine s'avança encore:

— « Oui », fit-elle.

A ce moment, les soldats qui tenaient la corde sentirent comme un vide au bout de leurs bras. L'homme ne pesait plus...

— Hooop!... ho... ooo! crièrent vingt gorges.

Il y eut un silence, et un fil de voix que les oreilles tendues saisissaient à peine au passage arriva jusqu'à la gueule du trou:

— Enc... ooore... lâche... ecz ..

Le moine n'avait rien entendu. Wellington lui dit alors :

— Mon père, un malheur est arrivé. Ce matin, quatre mille hommes se battaient à l'endroit où vous êtes. Soudain, la masse de terre où ces braves se poursuivaient s'est écrasée sous leurs pas, et une foule a été précipitée dans cet abîme.

— Quatre cents des miens, fit Ney.

— Mille des nôtres, dit Wellington. Y a-t-il un moyen de les retrouver, d'en sauver quelques-uns ?

D'un identique mouvement, ils levèrent la tête comme s'ils eussent voulu accaparer, chacun pour les siens, la bienheureuse réponse du moine, — mais ils virent ceci d'effrayant : la taille du Minime s'était abattue, et dans les plis amples de son froc, à genoux sur la terre, il priait *déjà*, il priait et se lamentait en silence, courbé en deux, pantelant d'horreur, la tête scellée à ses poings joints, le regard en bas, dans le plus profond de l'abîme...

— C'est donc fini,.. murmura un officier.

Ney eut un tremblement, pivota sur ses grosses

bottes, et fit un signe... Cinquante voix hurlèrent ensemble :

— Hooò... la... a !...

On avait « défilé » quatre cents mètres de corde, et il n'en restait qu'un dernier paquet, dix mètres au plus. On écouta... et au bout d'un instant, pénibles, cinq ou six mots arrivèrent à la clarté du grand jour :

— J'entends... maintenan... ant... Descendez la co... orde !...

On en lâcha quelques mètres, il y eut un nouvel arrêt. Les souffles se turent dans les poitrines, et d'autres mots, du fond de la terre, s'en vinrent effleurer le bord du plateau :

— ... entends... voix d'hommes... mais loin... oin... loi... oin..... un cri, même cri toujou... ours... Descendez enco... o... ore...

On abandonna les derniers mètres, et on lia le câble à un poteau ; puis quelque chose de brûlant

sécha les gosiers; la voix, au bout d'une grande
minute, monta :

— ... plus possible d'avanc... entends encore cri...
On cri... i... ie.....

Une bouffée de vent coupa la voix. Ce que clamait l'homme se mêlait aux grondements d'on ne
sait quelle autre voix qui était celle de l'ombre, du
rien, du vide... Ney se pencha, hurlant :

— Grenadier ! Que crie-t-on? Qu'entends-tu ?...

Cent voix reprirent, comme un seul tonnerre :

— **Qu'entends-tu?...**

. Le formidable orage fit un plongeon dans le
gouffre. Les parois se le lançaient à la face, accro-
chaient la clameur au passage, la rejetaient en bas
comme à coups de gifles ! — Puis, il y eut un
silence; toutes les figures s'étaient penchées autour
du moine en prières, comme dans les cathédrales,
au moment où le prêtre élève l'hostie trois fois

19

sainte... Ce qui allait monter de l'abîme était la réponse de l'éternel, de l'*inexprimable*, et, en effet, sans doute l'homme suspendu entendit, car longtemps après avoir écouté, sa voix spectrale, souffle de voix gelée, si lointaine qu'elle avait perdu tout accent, renvoya du fond de l'abîme ces quatre mots éperdus :

— J'entends... J'entends crier : VIVE L'EMPEREUR !...

A l'Adjudant Maître d'Armes Constant Debois.
        115ᵉ *de Ligne*.

LES CLOCHES DE L'EMPIRE

C'est fini, rêve éteint, visions disparues...

VICTOR HUGO

LES CLOCHES DE L'EMPIRE

L'Empereur aimait la musique, ou ne l'aimait pas ; qui saurait dire ? Hors la Conquête, puis ses soldats qu'il admirait en bloc, de bonnes cartes, et plus tard son fils, tout ce qui vivait dans son ombre l'intéressait médiocrement. Il détestait la littérature, et deux musiques, seules, devaient délicieusement flatter ses oreilles de pensif écouteur : les cloches, le canon.

Du moment qu'il apparut sur le monde, avec son

éternel habit vert, son petit chapeau, sa flexible épée, ses grosses bottes, et le syrien d'azur qui le menait au-devant des balles, les cloches, peu à peu se déshabituèrent de converser avec l'infini ; — elles étaient à la Victoire !

Dans les campagnes, surtout, dans les vieilles provinces où naissent les beaux hommes, jamais depuis les cavalcades du roy Henry n'avait cloché pareil branle de bénédictions ! Le temps de tinter une messe, deci, delà, pour un baptême, pour un mort, et voilà qu'au-dessus des prés, des fleuves, des collines, crevant leur cage d'un affolant aileron, les victoires d'Italie, tout à coup, s'envolèrent ensemble, rapides, comme jetées les unes sur les autres : Lodi ! Millésimo ! Arcole ! — Puis, Fructidor, silence... Un autre coup de cloche : Les Pyramides ! La Trébia ! Zurich ! Mont-Thabor ! Aboukir ! — Et enfin l'étonnement universel, une espérance épouvantée saisissant la France : l'épervier devenu aiglon, Bonaparte consul...

Aussitôt, prises de folie, par delà des Alpes elles s'ébranlèrent encore, ivres de gloire et furieuses, pour Marengo ! pour Hohenlinden ! — Les têtes s'étaient levées... L'oiseau de l'Empire avait maintenant bec et ongles, et ce n'était plus l'épervier d'Egypte, ce n'était plus l'aiglon de Brumaire qui planait aux nues...

Alors, pour consacrer son vol, entraînant à son cri les foules et les tonnerres, l'AIGLE vola de cloche en cloche, et les ébranla! — Merveille! Dardant leurs langues de bronze que la gloire avait lassées, les sonneuses de batailles reprirent leur plain-chant, et lancées dans le soleil par le coup de corde d'Austerlitz, elles braillèrent cinq ans sans pouvoir se taire. On apprit ainsi Trafalgar! Iéna! Eylau! Dantzig! Friedland! Puis tous les combats d'Espagne et d'Autriche : Abensberg! Landshutt! Eckmülh! Ratisbonne! Essling! Wagram! jusqu'au moment où, enfin, leurs voix s'apaisèrent...

Que se passait-il?

Un petit souffle d'encens traversait la poudre. Napoléon épousait Marie-Louise.

Elles retrouvèrent pour lui leurs airs d'ancien temps, les cantiques et carillons qui les balançaient dans le bleu et les hirondelles. Pendant cette année bénie, au printemps, elles célébrèrent la Passion, l'éclat des Rameaux, puis Pâques, et toutes les

19*

fêtes fleuries jusqu'à l'éparpillement des roses de la Fête-Dieu.

A force de chanter pour les soldats, au galop, elles s'étaient crues époumonnées, mais à la naissance du roi de Rome, ce qu'elles tintèrent sur le blé des campagnes fit bien voir qu'elles n'avaient pas perdu leur voix. Ce n'étaient plus des cloches, c'étaient des couvents de cloches; et pour l'enfant, toutes, ce jour-là, donnèrent en chœur, les petites nonnes de la carillonnade, et le prédicant pansu du bourdon !

Pendant ce temps, l'Empereur se préparait de nouveau, et d'un bout de la France à l'autre bout, les cloches se turent, terrifiées.

Il partit un matin, à la tête de ses légions, avec ses capitaines, ses drapeaux; mais avant de disparaître, il leva seulement la main, et à son signe, toutes les cloches reprirent la chanson connue. D'abord, un tintinnabulis : les prises de Witepsk et de Smolensk. S'ajoutant ensuite au chant des morts de la Moskowa, les voix hurlantes volèrent de campagne en campagne pour clamer au monde l'incendie du Kremlin; et s'enlevant sur leurs grands câbles tendus, les bourdons désolés rugirent la retraite, la lente et magnifique traversée des glaces de Russie. Mais, déjà, elles n'en pouvaient plus... et lorsque l'armée revint en France, ce fut un halètement qui l'accueillit, comme un grognement de bronze qui rampait vers l'Homme et semblait lui dire : C'est assez.

Lui n'écouta pas, et relançant son cœur dans le rêve, pour la septième fois, il ordonna aux chanteuses de s'apprêter. Alors, vite, on brossa leurs mantes d'airain, à des cordes neuves on les attacha, et rentrant leurs langues fatiguées, plus haut, plus fort, toujours plus fort et plus haut, renvoyant au globe muet cet hymne si longtemps chanté, toutes entonnèrent le grand refrain des victoires!

Il s'en alla, comme naguère, avec ses Maréchaux devenus vieux, de nouvelles troupes, les mêmes canons, et défilant au pied des clochers, mélancoliquement, hommes, chevaux et drapeaux prirent le chemin de la Saxe.

A peine disparus, prodiges! Ouvrant aux échos du Nord leurs tympans de bronze, dardées sur leurs poutrelles à bout de cordes, attentives, les cloches regardaient la Campagne, écoutaient, de loin, les galops et les fusillades,... et tout à coup

d'une voix joyeuse où tremblaient aussi des larmes,
elles saluèrent Lutzen! Bautzen !... D'autres batailles survinrent dont on entendit la rumeur...
Les cloches, harassées, voulurent les chanter aux
peuples ; c'en était trop, elles n'avaient plus d'éclat,
et sciant le ciel de balancements funèbres, on les
vit seulement applaudir. Ainsi, elles annoncèrent
Dresde,.. puis Leipsick,.. puis Hanau,.. mais leurs
battants tristes sonnaient la mort, toussaient à la
débâcle. On eût dit un adieu de poitrinaires, — et,
en effet, ne flûtant plus que des plaintes vers les
conquêtes ressaisies, on devinait qu'elles devaient
toutes mourir, silencieuses, fêlées, brisées, à la
chute des aigles.

C'est alors que, ne pouvant plus les entendre,
l'Empereur les jeta aux flammes, et les cloches
furent des *canons*.

1814

Le charme éteint à Leipsick ne s'était pas réveillé. Quatre mille morts étaient restés à la
Rothière. Alexandre félicitait Blücher, — et les

vieux soldats se demandaient, accablés : « Où nous arrêterons-nous ? »

Mais l'âme des cloches, murée dans les canons, s'était soudain levée !

A la bataille de Craonne, au moment où les soixante-douze pièces de la Garde s'arrachèrent du défilé d'Heurte-Bise, on entendit une voix qui s'égueulait des canons de bronze : « Nous sommes les cloches de Lodi ! de Millésimo ! d'Arcole ! de Mantoue ! Place ! Nous avons sonné les Pyramides ! la Trébia ! Zurich ! Mont-Thabor ! Aboukir ! Place ! Place !... » Et traversant les troupes au grand galop, quand les batteries furent établies, les avant-trains détachés, les artilleurs à leurs pièces, au commandement de *feu !* d'une seule voix, elles se mirent toutes à rugir...

Au combat de Laon, elles entrèrent dans la mêlée en poussant les mêmes cris : « Place ! Place aux cloches d'Austerlitz ! de Trafalgar ! d'Iéna ! d'Eylau ! de Dantzig ! de Friedland ! » On leur fit place ; et l'ennemi, plus d'une fois, s'écarta aussi devant elles...

Au contact des tonnerres, elles avaient repris
leur force ; et ce n'étaient pas des coups de canons
qui tonnaient sur les collines de Reims, c'étaient
les chanteuses d'Abensberg ! de Landshutt, d'Eck-
muhl ! de Ratisbonne ! d'Essling ! — C'étaient les
cloches.

Plus tard, de Torcy, le premier jour d'une
bataille qui pouvait relever l'Empire, Napoléon les
entendit dans la canonnade. Il mit son cheval au
galop, et réfugié dans le carré d'un bataillon de la
Vistule, pour la septième fois clamèrent vers lui
les voix glorieuses :

— Place ! Nous sommes les cloches de Witepsk,
de Smolensk, de la Moscowa !

Cependant, elles ne chantaient plus, déjà même
elles mouraient essoufflées.

Le lendemain, après cette deuxième bataille
d'Arcis-sur-Aube, l'Empereur voulut secouer le
mauvais rêve... Cinquante mille hommes, sous ses
yeux, Russes, Bavarois, Autrichiens, tentaient
d'escalader les barricades. L'artillerie était perdue.

— et comme si elles exhalaient leur âme, des voix de bronze, lointaines, murmuraient encore :

—Canonniers, à vos pièces,.. place !... Nous avons chanté Lutzen... Bautzen...

Et, chuchotantes comme à l'agonie :

— C'est nous,.. c'est nous les vieilles cloches de Leipsick,.. d'Hanau...

Alors commença la folie de Napoléon.

Ces vierges pures, qui avaient chanté tant de victoires, il les reconnaissait maintenant au son de leur airain, à l'envolée de leurs boulets, et il eût pu dire : « Ces canons furent fondus en Italie; ceux-là, on les a pris aux cloches de 1813, et c'est ce qui leur donne ce son triste, qui me fait mal... »

Après les deux combats de la Fère, il allait parfois réveiller ses Maréchaux inquiets. Debout dans l'ombre, il tendait la main,.. on voyait sa face pâle se pencher, se pencher. Dans l'air, çà et là, grondait la foudre.

— Entends-tu, Caulaincourt, *les cloches...*

— Sire, ce sont vos canons.

— Tu te trompes,.. ce sont les cloches qui sonnent ma conquête d'Italie, mes victoires d'Allemagne...

A la bataille de Paris, elles chantèrent encore, mais il n'y avait presque plus de canons.

Il abdiqua, — et un dernier matin fut salué par elles.

Ah! là-bas, comme elles sonnaient, comme elles chantaient dans sa pensée! Pour les entendre encore, il quitta l'île d'Elbe, seul, avec un rêve nouveau et son épée; mais en le revoyant, l'horreur des cloches fut indicible...

— La guerre! La guerre! Sonnez la guerre! leur cria-t-il.

Ce fut le dernier effort.

Non loin de ce jour-là, dans les fumées de Waterloo, deux grands canons luttaient encore : *baaum... baaum...* Entendit-il ce que cette voix d'airain lui prophétisait d'absolu? Debout dans le carré de sa Garde, le Prédestiné leva la tête au milieu des balles, regarda le champ d'épouvante qu'obstruait la charogne de son Epopée, de son règne, et, du haut de l'ardent cheval que ses genoux bottés étouffaient, pâle comme en la présence de Dieu, l'index aux lèvres, attentif à la cloche désolée qui se lamentait dans le bronze, il fit un signe au destin :

— Chch...

Epuisés, les deux canons grondèrent deux fois, trois fois :

Baaum,.. baaum,.. baaum...

Et, tristement, leur écho traversa la plaine où gisaient les hommes, les étendards, les affûts, les Aigles, s'atténua au loin, dans les dernières pourpres d'un soleil qui se couchait, puis mourut, — comme tout meurt.

C'était le *glas* de l'Empire.

TABLE DES MATIÈRES

IMP. NOIZETTE, 8, RUE CAMPAGNE-PREMIÈRE, PARIS

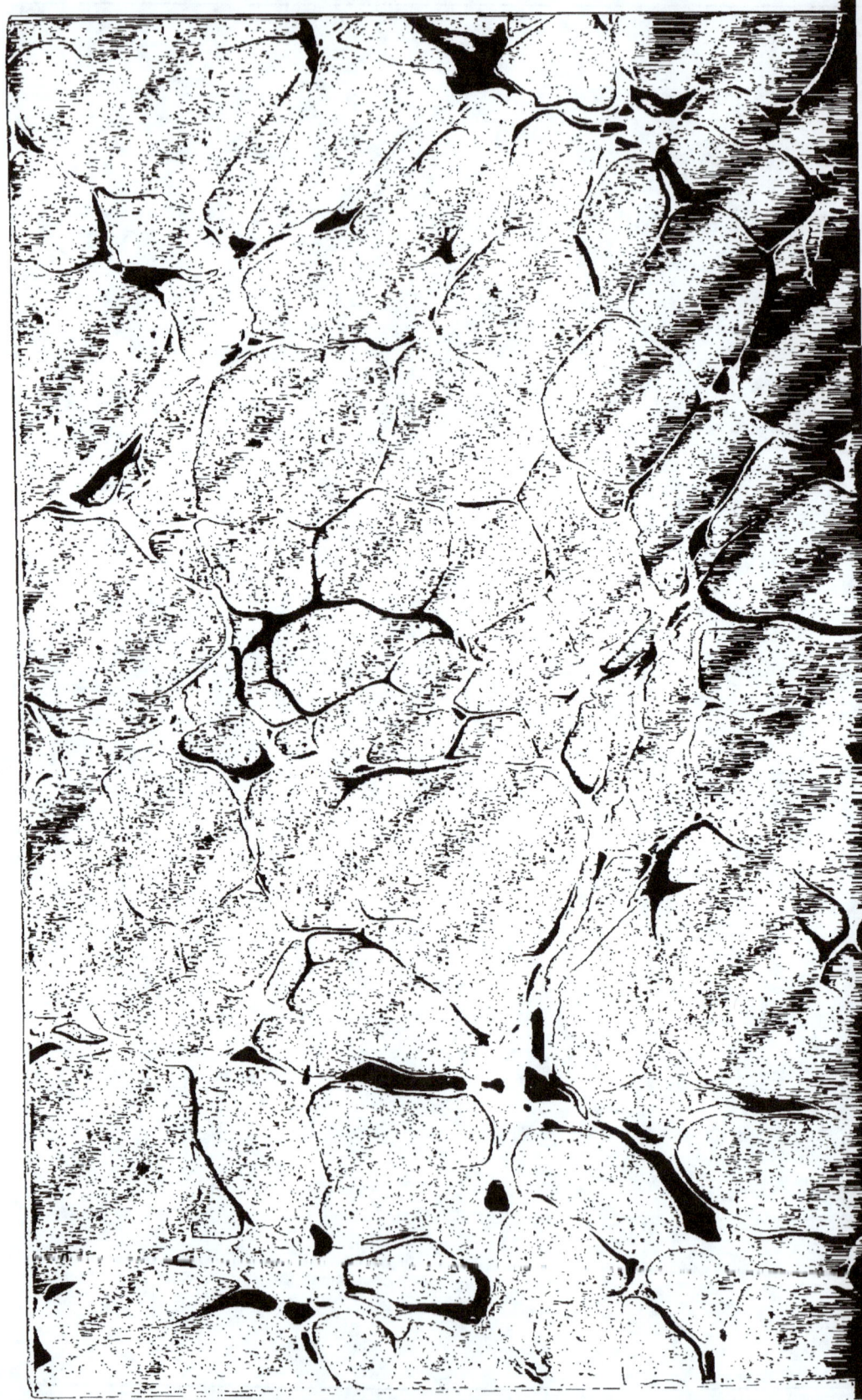

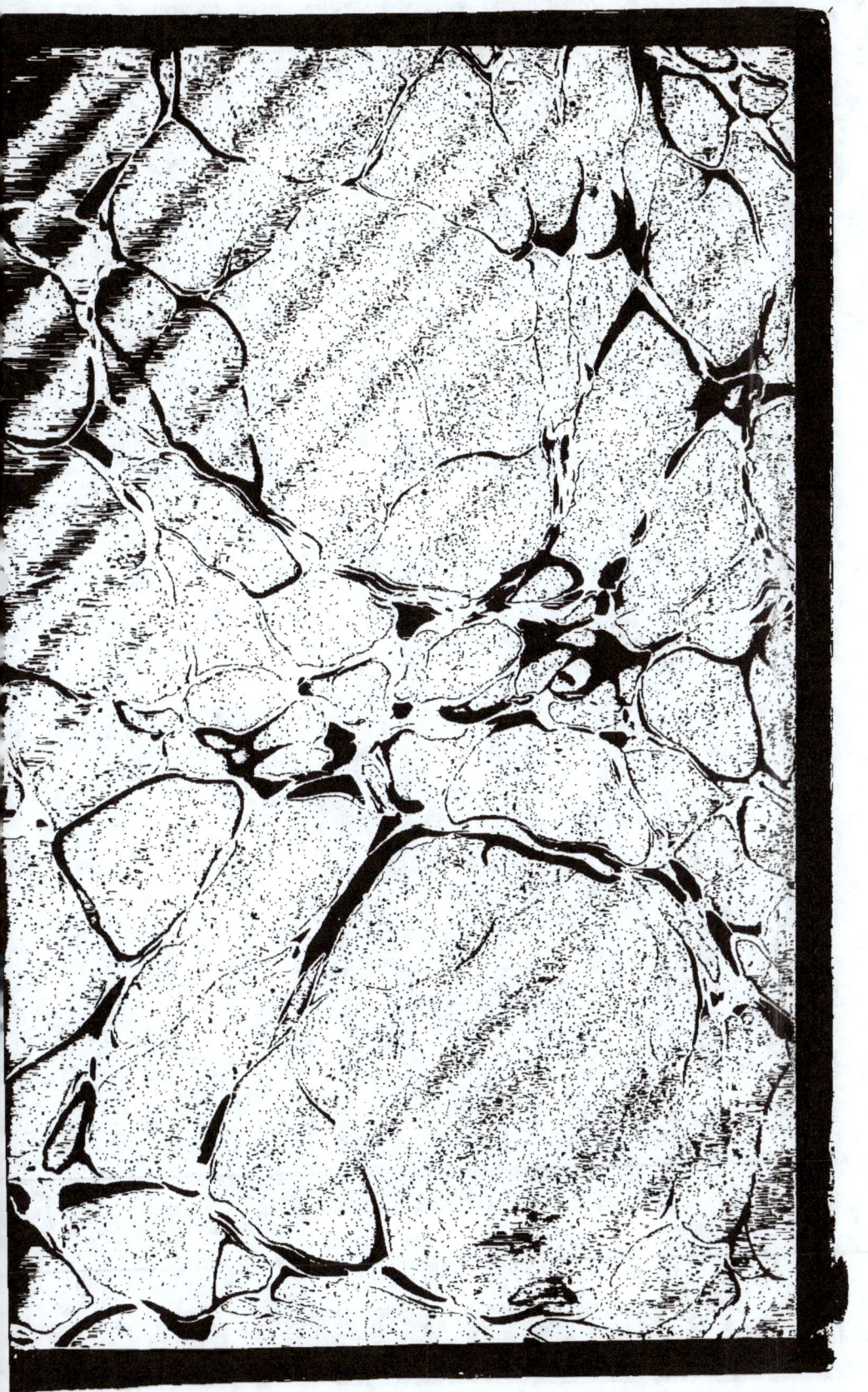

www.ingramcontent.com/pod-product-compliance
Lightning Source LLC
Chambersburg PA
CBHW070317030726
47505CB00004B/1011